DIANA

Das Buch

»Ich liebe das Mittelmeer über alles, vielleicht weil ich wie so viele andere aus nordischen Gefilden zu ihm gelangt bin«, schreibt Braudel in seinem berühmten Buch über das Mittelmeer, und ganz offensichtlich geht es Millionen von Touristen, die sich jedes Jahr auf die Reise dorthin begeben, ebenso.

Für Rafael Chirbes ging die Reiselust lange in andere Richtungen, bis er die Liebe zu dem Meer wieder entdeckte, das seine Kindheit geprägt hat. Mittelmeer, das war für ihn der friedliche, von der Sommersonne niedergedrückte Hafen, das waren die Fischerboote mit ihrem bescheidenen Fang; das waren die monotonen Gesten der Fischer, die ihre Netze flickten; das war die Bedeutungslosigkeit eines Strandes ohne Touristen.

Was ist es für ihn heute, was für uns? In literarischen Städtereportagen entlang der Küsten des Mittelmeers, jener »Wiege Europas«, erkundet Rafael Chirbes die mediterrane Welt. Die alten Städte und Orte mit märchenhaftem Klang – Kairo, Alexandria, Genua, Kreta, Rom – zeigt er uns als Teile eines bunten Mosaiks einer gemeinsamen Kultur. Einer Kultur, die nicht nur ein westliches Gesicht hat, sondern auch ein östliches und afrikanisches, und aus dieser Mischung ihre anhaltende Faszination gewinnt.

Der Autor

Rafael Chirbes, geboren 1949 in Tabernes de Valldigna bei Valencia, studierte in Madrid und lebt heute als freier Publizist in Beniarbeig bei Valencia.

Rafael Chirbes
Am Mittelmeer

Aus dem Spanischen von
Thomas Brovot, Stefanie Gerhold, Christian Hansen
und Dagmar Ploetz

DIANA VERLAG
München Zürich

Diana Taschenbuch
Nr. 62/0328

Die Originalausgabe
»Mediterráneos«
erschien bei Editorial Debate, Madrid 1997

Übersetzungen von
Thomas Brovot: Das Tor zum Meer, Archäologie des Rauchs
Stefanie Gerhold: Spaziergang durch das alte Genua,
Schiffbruch in uns, Die Früchte des Vergessens, Zeit der Götter
Christian Hansen: Auf dem Weg, Das Maß der Dinge,
Das Erbe der Welt
Dagmar Ploetz: Von Echos und Spiegeln, Fragmente des
goldenen Zeitalters, Sehnsucht nach Irgendwo,
Vom Wohlfahrtsstaat

Taschenbucherstausgabe 01/2003

Der Diana Verlag ist ein Verlag des Verlagshauses
Ullstein Heyne List GmbH & Co. KG
Printed in Germany 2003
Umschlagillustration: Martin Thomas, Aachen
Umschlaggestaltung: Hauptmann und Kampa
Werbeagentur, München – Zürich
Satz: Schaber, Satz- und Datentechnik, Wels
Druck und Bindung: Elsnerdruck, Berlin
Gedruckt auf chlor- und säurefreiem Papier
ISBN 3-453-86381-X
http://www.heyne.de

Inhalt

»Jedoch, Glück oder Unglück, hat unser Handwerk nicht die Spannbreite und die bewundernswerte Geschmeidigkeit des Romans. Der Leser, der dieses Buch so angehen möchte, wie ich es mir wünschte, tut gut daran, seine eigenen Erinnerungen, seine genaue Sicht auf das Meer des Inneren in die Lektüre einzubringen, meinen Text mit den eigenen Farben zu kolorieren und mir so aktiv bei der literarischen Erschaffung dieses weiten Raums zu helfen.«

FERNAND BRAUDEL: Das Mittelmeer und die mediterrane Welt in der Epoche Philipps II.

Von Echos und Spiegeln

Wieder einmal habe ich Braudels Buch über das Mittelmeer gelesen, erneut die verwüsteten Strände aufgesucht, die sumpfigen Niederungen, die Städte, die sich auf alten Ruinen vor einem Horizont mit Schiffen erheben. Ich bin den Männern wieder begegnet, die mühselig die Berghänge bestellen, habe mir die unsichtbaren Seerouten vergegenwärtigt, denen die Kaufleute über Jahrtausende gefolgt sind, und lernte dabei, einen Code zu entziffern, den unzählige Formen des Gedächtnisses dem unbeständigen Wasser aufgeprägt haben.

Braudels Buch habe ich bei verschiedenen Gelegenheiten gelesen. Das erste Mal schaute ich als Heranwachsender hinein, und ich weiß nicht genau, was es mich damals lehrte. Ich las es auf einer Studentenbude in einem Vorort von Madrid und hatte fast ein schlechtes Gewissen dabei, glaubte ich doch, meine Zeit mit Unerheblichem zu vergeuden: Wir hatten es damals so eilig, die Zukunft aufzubauen, dass uns die Vergangenheit allenfalls als Symptom für das Kommende interessierte, und daher denke ich, dass mein Gang durch die Buchseiten eher unbeholfen und zögerlich gewesen sein muss. Auch Bücher sind – wie die Meere – von Routen durchzogen, die man erkennen lernen muss. Sonst läuft man auf Grund oder verirrt sich.

Von jenem Abenteuer blieb dennoch ein Funken Faszination zurück. Das ist nicht verwunderlich. Affinitäten werden oft als Intuitionen geboren. Es gibt Menschen, Bücher oder Städte, die sich uns nicht erschließen, uns aber nicht loslassen, uns zwingen, sie wieder und wieder anzusteuern, wahrscheinlich weil wir Grund haben zu vermuten, dass sie etwas Bestimmtes, wonach wir schon immer gesucht haben, verbergen. Auf mittlere Entfernung können wir einen Fisch im Wasser orten, auch wenn wir nicht seine Gestalt erkennen, uns nur ein flüchtiges Aufblitzen blendet. Solcherart beunruhigende Bücher, Städte und Menschen werden nach und nach notwendig zu Bestandteilen unserer Identität.

Braudel schrieb im Vorwort der französischen Ausgabe seines Werkes: »Ich liebe das Mittelmeer über alles, vielleicht deshalb, weil ich, wie viele andere und nach so vielen anderen, aus dem hohen Norden zu ihm gelangt bin.« Bei mir ist eher das Gegenteil der Fall. Als ich mich an jene erste Lektüre machte, lebte ich seit zwölf Jahren im rauen Landesinneren – Ávila, León, Salamanca und Madrid, das war meine Umgebung –, und obwohl ich an der Küste dieses Meeres geboren war und jeden Sommer dorthin zurückkehrte, fühlte ich mich, mit dem hitzigen Hochmut junger Leute, Unamuno, San Juan und sogar den Bolschewiki in den eisigen Steppen der Sowjetunion stärker verbunden als den Dingen, die doch Teil meiner Kindheit waren: der friedliche Hafen, betäubt unter der Sommersonne und nur am Abend belebt, wenn die Boote mit ihrem bescheidenen Fang zurückkehrten, Fische, die wenige Stunden später im rauchenden Öl einer Pfanne ertrinken sollten; die gleichförmigen Bewegungen der Seeleute, wenn sie ihre Netze flickten, über Richtung und Ursprung der Winde debattierten und in der Kneipe ihre Scherze machten; ein nichtssagender Strand, auf dem damals, als ich Kind war, gerade die ersten Touristen auftauchten; die knarrenden Felgen der Wagen, die bei Morgengrauen in langer Karawane zu den Reisfeldern fuhren.

Bei der ersten Lektüre von Braudel verführte mich das, was mir das Fremdeste war, fern in Raum und Zeit, ein Mittelmeer, das sich eher durch Überraschungen als durch Konstanten auszeichnete: das Weiß der Schiffssegel, die sich im blauen Himmel blähten; das Blitzen der Kanonen; der Glanz des Goldes und die Farbenpracht der Kamelkarawanen, die es vom geheimnisvollen Herzen Afrikas bis an die Küste von Oran transportierten; das ursprüngliche Schweigen der Wüsten; die Minarette von Istanbul, dem Indigo der Meerengen zugewandt; und, an Venedig, die Herrlichkeit einer hoffärtigen und gefährdeten Stadt, deren Straßen auf Wasser gebaut sind. Schließlich hat uns auch bei Melville zuerst der Glanz des weißen Wals geblendet; und Conrad überkam uns wie ein ferner, undurchdringlicher Dschungel, bis wir im Laufe der Zeit herausfanden, dass es sich um eine Stimme handelte, die in uns selbst erklang.

Nachdem dieser anfängliche Funken erloschen war, griff ich erneut auf Braudel zurück, er sollte mir als Führer bei einer Reise in umgekehrter Richtung dienen, denn meine wachsende Faszination für das Mittelmeer entsprang nicht dem Staunen über Unerwartetes, sondern der schrittweisen Entdeckung geologischer Schichten meines eigenen Seins, von deren Existenz ich nichts gewusst hatte oder die ich für immer verschwunden glaubte – eine Ausgrabung also. Braudel noch mal zu lesen half mir dabei, mein eigenes Meer zu begreifen, und das allmähliche Kennenlernen der Menschen, die seine Küsten bevölkern, ließ mich das unerschöpfliche Buch dieses Mannes, der aus dem Norden kam, mit noch größerem Gewinn lesen.

Von ihm geführt, habe ich allmählich begriffen, dass jener von der Sonne betäubte Hafen sowie die Boote, die Abend für Abend zurückkehrten, auch die Sprache der einfachen Fischer, selbst Worte darstellten, die, subtilen syntaktischen Regeln und einer strengen Grammatik gehorchend, zu ebendem Code gehörten, der einst die Paläste Venedigs erbaut und die Karawanen im Sudan in Marsch gesetzt hatte. Braudel hat mir eine Ahnung von jenem komplexen Code vermittelt, innerhalb dessen meine Existenz und die meiner Leute nur Elementarteilchen sind, bedeutungsgeladen allerdings für den, der im eigenen Buch des Meeres die eine oder andere Seite lesen will.

Diesseits aller Exotik überwältigte mich die Erkenntnis von etwas, das in uns allen liegt. Ein Erkennen, das sich, gleichsam durch ein Spiel von Echos und Spiegeln, wiederholte: in Istanbul, in Genua, an den Berghängen von Kreta – Myrthen, Zypressen, Weinstöcke und Ölbäume, die so sehr denen aus meiner Kindheit auf dieser Seite des Meeres ähnelten; in den Gassen der Medina von Tunis oder Fès, und das obwohl – wie Braudel, Benndorf zitierend, schreibt – es am Mittelmeer, dem Ort der Begegnung, wo Kulturen geboren werden und untergehen, »Menschen gibt, die von links nach rechts schreiben, und solche, die von rechts nach links schreiben«.

Ich habe eine Zeit lang in Marrokko gelebt, und dort, in einem Land, wo die Menschen von rechts nach links schreiben, spiegelten die Orangenhaine von Sidi Siliman mir Tavernes und Alzira wider (noch ein arabischer Ortsname: *alzira* heißt »die Insel«). Später habe ich erfahren, dass sie sich deshalb so sehr ähneln, weil sie einst von Menschen aus meinem Land gepflanzt worden sind: von solchen, die von links nach rechts schreiben. Damals, in den Gassen von Fès, verlor ich mich in einem Labyrinth von Gerüchen und Bauten, in dem ich mich schon dreißig Jahre zuvor verlaufen hatte, als ich durch die *azucacs* von Valencias Altstadt ging, wo die Waren auf den Gehsteigen feilgeboten wurden. Die *azucacs* bewahren nämlich die Anlage der alten muselmanischen Medina: Zwei Schriften überlagern sich hier, behütet von der Grammatik, die alles Mediterrane ordnet, das am selben Meer Anteil hat.

Die Grundzüge dieser Grammatik erlernt zu haben – die ersten Lektionen kamen von Braudel – erlaubte mir, verstreute Parzellen dieses Meers auf allen fünf Kontinenten zu entdecken. So habe ich auf den Zuckerplantagen Kolumbiens Bruchstücke einer mediterranen Kindheit entdeckt, in der uns »Rohrhonig« als bescheidenes Naschwerk diente – eine Resterinnerung an Zeiten, als Zuckerrohr, noch bevor es nach Amerika kam, schon in Gandía angebaut wurde. Selbst auf Bali und auf den Märkten von Kanton habe ich Gemeinsames entdeckt, schließlich war auch ich ein Nachkomme malariakranker Reisbauern und hochgezüchteter Allesfresser, die es geschafft hatten, die von ihnen sorgfältig kodifizierte Not in ausgeklügelte Kochrezepte umzuwandeln. Ein ums andere Mal hat mich dieses Meer vom Intimen zum Öffentlichen geführt und mich dann der Intimität zurückgegeben.

Im Laufe der Zeit bin ich weit herumgekommen und habe den Eindruck gewonnen, dass all diese Reisen mir dazu verholfen haben, meinen Ursprungsort besser lesen zu können. Davon handelt dieses Buch. Von den Echos und von den Spiegeln, den sich vervielfachenden Bildern, die mir am Ende doch stets nur mich selbst wiedergegeben haben. Auch davon, dass Reisen bedeutet, einige bereits gelesene Seiten noch besser lesen zu lernen.

(Mai 1997)

Fragmente des Goldenen Zeitalters

I

Unten das Meer. Das Flugzeug entfernt sich, und die Silhouette von Kreta zeichnet sich mit den immer noch verschneiten Gipfeln am Horizont ab. Der Reisende betrachtet die Landschaft aus der Luft. Von der Ferne wirkt die vertrackte Geografie der Insel klarer. Wer beim Mittelmeer an liebliche Landschaften denkt, irrt. Allzu häufig sind die Küsten unwirtlich und hinter ihnen erheben sich kaum bewohnbare Felsmassive. Hirten, die Bauern werden wollen und sich die wenigen fruchtbaren Flecken streitig machen. Fischer. Seefahrer. Und nun vor allem Touristen.

In Herssonissou sah der Reisende eines Morgens das Meer hinter einer Rasenfläche, auf der verstreut Bungalows standen. Die Touristen der Siedlung stellten sich ihr Frühstück am Buffet zusammen und versuchten dann, den Teller in der Hand, eilig einen der wenigen zu dieser Zeit schon besonnten Tische zu ergattern. Das Meer im Hintergrund sah aus wie eine glühende Metallplatte. Stunden um Stunden endloser Sonnenglut auf den erhitzten Sandstränden standen ihnen noch bevor, aber das war ihnen nicht genug. An der Küste lagen dicht an dicht die weißen Siedlungen, Unterkunft der Sonnensüchtigen und Lichtgierigen. Im Sommer wird das Mittelmeer, mit kostenloser Sonnenenergie aufgeheizt, zur dampfenden Badewanne, die ganz Europa mit ausgeprägtem Sparsinn nutzt.

Vom Flugzeug aus betrachtete der Reisende die Strände und Buchten der Insel, sah jäh aus dem Meer aufragende Felsbrocken und fragte sich, ob in diesem bis zur Decke lichtgefliesten Badezimmer Europas überhaupt noch Platz für Überraschungen, Romantik und Abenteuer war. Ist eine Landschaft ein Wert für sich? Lebt ihre Schönheit nicht vielmehr in den Köpfen der Menschen? Immerhin lag hier eine der Wiegen der Menschheit, sind hier erste Bilder in den Köpfen entstanden. Bedeutet das heute noch etwas?

Den meisten Passagieren des kleinen Flugzeugs war das Urlaubsende ins Gesicht geschrieben. Sie trugen bunte T-Shirts, bedruckt mit tausendjährigen Mustern. Fast alle hatten sie die Museen der Insel besichtigt, das gehörte schließlich zum Angebotspaket für Touristen, sie waren zwischen den alten Steinen der Ruinen herumgeklettert und hatten aus dem Mund der Führer noch einmal die Geschichte vom Minotaurus gehört, es war ihnen von Ariadne und ihrem Faden erzählt worden, ein Fadenknäuel, das auch die Menschheit hinter sich entrollt, damit ihre Nachkommen sich nicht im Labyrinth des Lebens verlieren. Ist der Faden noch ganz? Oder ist er an irgendeiner Stelle bereits gerissen, sodass wir uns nun ohne Rückversicherung blind vorantasten müssen? Das Flugzeug immerhin bewegte sich wie von unsichtbaren Fäden geleitet.

Das Libysche Meer im Süden der Insel hatte eines Abends vor den Augen des Reisenden gekocht. Wie in dem Gedicht von Aussias March glich es einem Eintopf, der auf dem Feuer brodelt, und ein Fischerboot schaukelte eine ganze Weile bockig auf den Wellen, bevor es schließlich in den Hafen einlief, als wolle es dem Reisenden einen Beweis für das harte Leben am Mittelmeer liefern; dennoch löste die Insel im Reisenden ein Gefühl der Zärtlichkeit, vielleicht auch nur der Melancholie aus.

Diese sanfte Melancholie, die ihn beim Betrachten der

mit Ölbäumen bestandenen Hänge oder der Hände der Fischer beschlich, die ihre Netze flickten, war womöglich nichts anderes als eine gewisse Ergriffenheit über das Fortbestehen jahrtausendealten Wissens. Wer wird schon an der Weisheit dieser Inselbewohner zweifeln, die am Ende des Milleniums den Touristen Fast Food servieren?

Nach einigen Tagen Kreta kann den Besucher das erregende Gefühl überkommen, für ein paar Augenblicke am Bankett der alten Weisheit teilgehabt zu haben. Immerhin hat man beim Weltenbummeln lernen müssen, dass eine Reise im Nachhinein auf einen einzigen Augenblick zusammenzuschnurren pflegt, auf ein kurzes Erlebnis, das für den ganzen Ärger mit den Koffern, für die Warterei, für Unbequemlichkeiten und stundenlange Flüge entschädigt.

Diesmal handelte es sich um eine stille, schweigsame Erregung. Fast schien sie im lauten Getriebe der Touristen unterzugehen, die sich bereits früh am Morgen um die Tischchen der Hafenkneipen von Chania drängten, behauptete sich jedoch als Ahnung, dass diese alten Fertigkeiten trotz allem noch nicht ganz unnütz sind. Sie überdauerten vielleicht in der Geschicklichkeit, mit der ein Maurer sich auf dem Gerüst eines Apartmentrohbaus in Heraklion bewegte. Oder in den Scherzen des Kellners, der die leeren Flaschen und Gläser in die Kneipe zurücktrug. Die Heroen und Athleten des Altertums sind wieder zu Handwerkern geworden. Warum sollte man sich das Mittelmeer nicht als einen enormen Dickhäuter vorstellen, seinen Rücken voller Parasiten, von denen er sich jedoch mit einem einzigen Schwanzschlag befreien könnte? Das Ende des Jahrtausends scheint nicht zu schönen Metaphern einzuladen. Das weinfarbene Meer Homers – eine stickige Badewanne, ein von Flöhen übersäter Dickhäuter.

Nur selten aber schwirrten dem Heimreisenden so viele Erfahrungsbruchstücke im Kopf herum, die alle Meisterstücke zu sein beanspruchten, von der Erinnerung aber nicht in einen Zusammenhang gebracht wurden. Da sind die ersterbenden Glanzlichter auf dem Strand von Matmata, die dünner werdenden Sonnenstrahlen auf den Scharten des gelblichen Felsens und in den Grotten, die Meer und Zeit mit vereinter Kraft gegraben haben; da sind die nach Geißblatt und Jasmin duftenden Gässchen in Rethymnon und Chania: die Klänge der Musik als Animation für die Touristen auf den mit Kerzen beleuchteten Straßenterrassen, aber auch das Murmeln eines Brunnens, der seinen nächtlichen Wasserstrahl über einen Buschen roter Bougainvilleen ergießt; da ist eine türkische Kuppel, die weißgetüncht vor dem blauen Bühnenvorhang des Meers leuchtet; Landstraßen, vielfarbig gesäumt von Oleander – weiß, rosa, rot – und Besenginster, und bei jeder Kurve der Blick auf eine überwältigende Bucht; silbrige Ölbäume – die frischen Triebe glitzern in der Sonne – bedecken weite Flächen, darauf Zypressen und Myrthen als dunkle Tupfer; weiße Dörfer an einem Berghang, der zunächst wie aufgemalt am Horizont erscheint, nach und nach an Tiefe gewinnt, greifbar wird, dahinter die Gipfel, auf denen sich Anfang Juni noch schneeige Pinselstriche behaupten.

Der Reisende tut sich schwer, den vollkommenen Augenblick auszuwählen, der allem anderen Sinn gibt: Hemden und Unterwäsche in den Koffer packen, die Kameras schleppen, am Endlosband des Flughafens auf das Gepäck warten, das womöglich nicht ankommt. Übersättigt von den in Jahren des Herumreisens eilig besichtigten Landschaften muss er den Augenblick auswählen, den er von dieser Insel bewahren wird. Die im Meer versinkende Bergspitze, den verlassenen Strand und das vor langer Zeit bei Pathia Amos gestrandete Schiff, den sonnig trägen Nachmittag von Sitia, in Elounda die Terrassen aus Bungalows und luxuriösen Swimmingpools, die zum makellosen Wasser der Bucht abfallen, während von fern die Lautsprecherstimme des Führers ertönt, der vor dem musikalischen Hintergrund eines Sirtakis den Passagieren eines weißen Schiffs die Besonderheiten der Touristenrundfahrt durch dieses Labyrinth von Meeresbuchten, Stränden, Klippen, Baien, Halbinseln und Riffen erklärt.

II

Welcher von den Augenblicken dieser Reise gab auch den übrigen einen Sinn? In Mitis, einem abgelegenen Ort, der in der Mittagshitze nichts als die Trockenheit der weit gestreckten, mit Olivenbäumen bestandenen Hänge darzubieten schien, hörte der Reisende auf einmal das Rauschen von Wasser im Straßengraben, ein Rauschen, das immer stärker wurde, je höher der Wagen gelangte, und ihn zu einem von Kastanien und Nussbäumen beschatteten Platz führte, wo ihn der Gedanke überkam, dass er sich vielleicht nie irgendwohin hätte bewegen, keinen anderen Ort hätte kennen, nichts anderes hätte erfahren müssen, nein, hier, in Mitis, sollte man geboren sein, nur hier leben und hier einmal ruhen. Womöglich war das einer der Schlüsselmomente, die er suchte.

Vielleicht war es aber auch in Stavros, im Süden der Insel, nahe Ierapetra, als er den Wagen anhielt und mit einem Bauern, der gerade seine Esel tränkte, eine Zigarette rauchte und beide sich auf eine Weise verständigten, die allen Menschen schon vor dem Entstehen einer artikulierten Sprache geläufig war. An einem Morgen besuchte er die tausendjährigen Ruinen von Knossos. Er stellte seinen Wagen zu vielen anderen auf einen behelfsmäßigen Parkplatz, wo sich der Geruch von Frittieröl mit dem Benzingestank vermischte, hörte sich die Empfehlungen von Parkwächtern an, die es eilig hatten, ihn abzukassieren, von Kellnern und Souvenirverkäufern, die ihn zum Konsumieren aufforderten, stand an einem Schalter, um die Eintrittskarte zu lösen, und sah dann, als er endlich in den Innenbezirk gelangt war, zwischen den wieder aufgeschichteten Steinen ganze Heerscharen von Deutschen und Franzosen herumklettern, aufgeregt von der Vorstellung, wie hier vor viertausend Jahren gelebt wurde, oder einfach nur von der Gewissheit, ein Foto heimzutragen, mit dem man die Bürokollegen in München oder Strasbourg neidisch machen konnte. An jenem Vormittag in Knossos wurde dem Reisenden klar, das war nicht das Ende des Fadens, den er brauchte, um sich in seinem eigenen Labyrinth zurechtzufinden. Die entehrten Ruinen von Knossos konnten ihm nichts bieten. Sie hatten schon alles jenen gegeben, die vor ihm gekommen waren.

Dennoch durchstreifte er am nächsten Tag, fast allein, die bescheidenen Ruinen von Górtis: das kleine Odeon, wie erbaut für ein nächtlich darin spielendes Kammerorchester; die kleine Basilika hinter einem tausendjährigen, knorrigen Ölbaum, die Harmonie ihrer goldfarbenen Steine gerahmt von den Senkrechten der Zypressen. Die Vögel sangen, und auf einmal kam er auf etwas, das sich nicht mit Worten fassen lässt. Das Ende des Fadens?

Auch im Geäst des Pinienwäldchens über den Ruinen von Festos sangen die Vögel, und vom Berghang aus übersah man die ganze Weite dieses vom Menschen seit Jahrtausenden mit Pflanzen und Steinen bebauten Stück Landes. Und auch dort wollte der Reisende bleiben. Er wollte sich nicht mehr für das tägliche Essen, das Dach über dem Kopf, für die Schreibtischlampe und den Computerbildschirm abrackern. Er wollte einfach da sein und zuschauen, wenn die Sonne sich, wie von einem Magneten angezogen, der Erde näherte. Der Augenblick war so wundersam schön, dass er sofort wusste, niemals, auch wenn er noch so lange lebte und schriebe, könnte er ihn schildern. Daher beschloss er, ihn zu teilen. Er plauderte ein wenig mit einer reiferen Frau und ihrem Sohn, sie zeigten einander mit ausholenden Handbewegungen dieses bewachsene Amphitheater, dem die Abenddämmerung eine wachsende Stille verlieh, gleichsam als weitere Eigenheit für die Landschaft, und beschenkten sich schließlich mit ein paar Nachtschattenblüten, die in der Dämmerung betörend zu duften begonnen hatten.

Allein dieser Augenblick hätte die Reise erfüllen können. Zweifellos. Und auch jener andere, am alten Hafen von Heraklion, als sich die Steine der venezianischen Festung, die heute umsonst über der Einfahrt wacht, golden färbten, die Fischer sich nach getaner Arbeit zwischen ihren Netzen hinlagerten oder sich auf die Planken ihrer bunt bemalten Boote setzten, in kleinen Gruppen schwatzten oder vor sich hin dösten und das letzte Licht alles in jäher Räumlichkeit hervortreten ließ, da dachte sich der Reisende, dass er diesen Augenblick bewahren, die Zeit anhalten wollte – die Zeit der anderen, aber vor allem seine eigene –, und sei es nur auf einer Fotografie, aber er hatte keine Kamera dabei. Er konnte nur schauen, sich satt sehen. Sogar eine Katze, die sich auf dem orangefarbenen Deck eines der Boote räkelte, erschien ihm wunderschön. Doch es blieb ihm nichts anderes übrig, als dabei zuzusehen, wie dieser Augenblick der Fülle verging, weil das Licht diffuser wurde, die Konturen sich auflösten und die Luft etwas Flächiges bekam.

Und schon hätte niemand mehr die flüchtige Schönheit erahnen können, die ein paar Minuten lang alles umfangen hatte.

Dann war das Meer an der Reihe, das an die Wellenbrecher schlug und unversehens, als probe es den Aufstand, seine Trübheit abschüttelte und sich, als die Sonne endgültig hinter den Bergen versank, grün und durchsichtig zeigte, wohl unter dem Eindruck der steifen Brise, die zwischen den noch beschneiten Gipfeln und der endlosen Decke brodelnden Wassers vermittelte. Der Wind peitschte jäh zornige Wellen auf, und die Gischt spritzte auf die Passanten, die langsam über den Hafendamm schlenderten und dabei rohe Saubohnen knabberten, gekauft bei einem der Männer, die immer nachmittags ihre Wägelchen am Straßenrand aufstellten.

Die Dunkelheit fiel ein. Der Mond – es war Vollmond – ging auf, und aus dem Fenster einer der Kneipen an der Mole schaute der Reisende auf dieses nächtliche Wasser, das, von ein paar Scheinwerfern und den Lichtern aus den Bars und Restaurants angeleuchtet, nun wieder grün schimmerte. Ihm fiel ein, dass der Deckmantel der Nacht alle Ufer des Meeres umspannte, und es war ihm, als sei er heimgekehrt, ja, als befinde er sich wieder in Denia. Im Dröhnen der Diskomusik sagte jemand neben ihm, Kreta sei der schönste Platz am ganzen Mittelmeer, und der Reisende nickte, weil er daran dachte, dass seine Freunde in Denia das Gleiche behaupteten, wenn eben diese unpersönliche, schrille Musik ertönte und die Nacht ebenso lau duftete und das Meer mit eben diesem Geräusch gegen die Felsen schlug, wobei sie natürlich nicht Kreta, sondern Denia meinten, aber eben deshalb auch Recht hatten.

Das Meer roch nach Salpeter, nach Schiffsbilge, Verlies, nassem Stein, Jod und Moder, und dieser Geruch erschien dem Reisenden wie von einem anderen Ufer importiert, und er dachte sich das Mittelmeer kreisrund. Er gedachte der fernen Nächte in Tanger, Alexandria, Djerba, Portofino, Istanbul. Und erkannte, dass es nicht möglich ist, zwischen den unendlich vielen Punkten, die den Kreis bilden, einen auszuwählen. Jeder einzelne ist nötig, um den Kreis zu schließen. Fehlt nur einer, ist das Ganze zerstört. Und dennoch rührte ihn der Gedanke, dass Kreta vielleicht der erste Punkt gewesen war, den der Zirkel berührt hatte: der ursprüngliche Nährboden, auf dem sich diese Eigenheiten herausgebildet hatten, von denen ihn weder die Jahre noch die Entfernung zu heilen vermochten.

Er hatte das Museum in Heraklion besucht. Er war durch die alten Ruinen gewandert. Und beim Anblick dieser riesigen, mit Oliven bepflanzten Felder war es ihm manchmal so vorgekommen, als sei die ganze Insel nur ein Tropfen Öl auf dem Meer. Und das Umherstreifen stieß ihn auf etwas, das sein genetisches Gedächtnis bewahrte. Die Bewohner dieser langgestreckten Insel hatten den Pharaonen die feine Lebensart beigebracht und verächtlich auf die Athener herabgesehen, die sie für Ziegenhirten hielten.

Die Frauen auf den Fresken von Knossos ähnelten mit ihren lockigen Haaren und der eleganten Kleidung so sehr den Mädchen, die in Chania unter Geißblattlauben Postkarten verkauften oder in Rethymnon zwischen leuchtend roten Bugainvilleen das Bier servierten. Jene Gesichter waren viertausend Jahre alt und sprachen immer noch. Die Tänzer und Akrobaten der jahrtausendealten Malereien, die Tongefäße, Ketten und Armbänder, die verspielten oder erotischen Figürchen, diese ganze verfeinerte Lebenswelt, die auf einmal und für immer unterging (es heißt wegen eines Erdbebens – ein

Schwanzschlag des mediterranen Dickhäuters), erschien ihm als Teil einer verklärten Vergangenheit, eines heiteren und glücklichen goldenen Zeitalters, von dem man ihn grausam abgetrennt hatte, zu dem er sehnsüchtig heimzukehren verlangte, und nun gab diese Reise ihm ein paar Fetzen davon zurück.

Die alte Kultur der Insel bestach ihn mit einem goldenen Ohrgehänge aus zwei ineinander verwobenen Bienen, mit dem Fresko eines blauen Vogels und vor allem mit einer winzigen Terrakottafigur, kaum größer als ein Daumen: ein zerbrechlicher Frauenkopf, auf geheimnisvolle Weise erhalten, gekrönt von einem eleganten Hut, der, wie auch das Gesicht, noch Reste der Bemalung erkennen ließ. Man hätte nur mit zwei Fingern auf das hohle Lehmfigürchen zu drücken brauchen und es wäre zu Staub zerfallen. Und dennoch hatte es zweitausendfünfhundert Jahre überdauert, stand da, in seiner Vitrine im Museum von Chania, und erzählte den Reisenden (auch ein Vater und sein halbwüchsiger Sohn blieben staunend davor stehen und ließen den Reisenden an ihren Gefühlen teilhaben) von etwas Fernem und Rätselhaftem, das in ihm immer noch lebendig war. Was war das? Was teilte das Köpfchen mit? Vermutlich wollte es sie lehren, dass sie, hätte niemand dieses einfache Klümpchen Lehm geformt, andere, zweifellos schlechtere Menschen wären, und dass, solange dieses Lehmstück dort in der Vitrine stand und jemanden ansprach, noch ein Funken Hoffnung war.

(Mai 1996)

Sehnsucht nach Irgendwo

Den Mercado Central von Valencia habe ich als Kind nach und nach kennen gelernt, mal an der Hand meiner Großmutter, mal an denen meiner Großtanten oder meiner Mutter. Deshalb bewahrt für mich dieser laute, umtriebige Ort nach wie vor die Farbe, die Gerüche, die ungebrochene Fröhlichkeit und den Übermut der Kindheit. Die Üppigkeit und Vielfalt der Waren, die vielen Stände, die sich damals bis über die Treppen des Jugendstilgebäudes drängten und den Markt nach außen trugen, das unfassbare Angebot fortsetzten bis zu den Lädchen unter der Außenempore der Kirche De los Santos Juanes und auch noch bis in die angrenzenden Straßen, wo sich in den Untergeschossen kleine Geschäfte befanden, in denen Salzfische und Gepökeltes, Gewürze, Werkzeug, Krippenfiguren, Spielzeug oder Stoffe verkauft wurden – all dies machte den Markt für mich, das Dorfkind, zur abenteuerlichen Höhle des Ali Baba. Dieser kunterbunte Basar versetzte mich mit seiner Schönheit und der Vielstimmigkeit an Geräuschen, Farben und Gerüchen in einen Taumel, der mich erst viele Jahre später wieder auf fernen Märkten erfassen sollte: Fès, Kanton oder auch Tanjung Pinang auf dem Riau-Archipel nahe von Singapur. Natürlich wurde die Aufregung, die mich an jenen fernen Orten überkam, von verstörender Fremdheit ausgelöst, während dieser Markt in Valencia mich zu einem Wiedersehen einlädt, zu einer immer wieder aufgeschobenen Begegnung mit dem eigenen Ursprung.

Als das Kind, das ich damals war, das Marktviertel kennen lernte, war es unzweifelbar noch der Mittelpunkt der Stadt, zu dem die Fülle und der Duft der nahen Obst- und Gemüsegärten gelangten und auch der Geruch des Meeres. Bauern aus Alboraia, Campanar und Silla, Fischer, die am Hafen von Sollana ihren Fang, Aale und Steinbeißer, angelandet hatten, oder Fischweiber, die mit einer Ladung Barben, Tintenfische und Tellmuscheln aus dem Hafenviertel von Cabanyal kamen, ihre Stimmen vermischten sich mit dem rhythmischen Lärm aus den nahen Werkstätten, wo Schilfrohr und Espartogras geflochten, Metall gehämmert wurde, wo man stickte oder Möbel schreinerte. Die Gerüche des nur Stunden zuvor geernteten Gemüses, des frischen Fischs und der Blumen vermengten sich mit denen von Holz und Leim, von Baumwolle, Leinen oder gerade erst zugeschnittenem Papier.

Das Marktviertel von Valencia ist nicht nur der Bauch, sondern auch das Herz der Stadt gewesen. Ein Herz, dem die Jahrhunderte seine Form gegeben haben, denn es erhebt sich auf dem Grundriss der alten arabischen *alcaicería*, und erfüllt nun seit gut einem Jahrtausend deren Funktion als Umschlagplatz für Waren aller Art. Die Namen der angrenzenden Straßen bezeugen ihre einstige Bestimmung: *Correjería* (Sattlerei), *Bordadores* (Sticker), *Zurradores* (Gerber), *Tundidores* (Tuchscherer), *Adressadors* (Seiler), *Cedaceros* (Siebmacher), *Sombrería* (Hutmacherei), *Cadirers* (Stuhlmacher), *Carniceros* (Metzger) und *Bolsería* (Beutlerwerkstatt). Die heutige Plaza Lope de Vega, gleich neben der Plaza Redonda, hieß früher *Peixcatería* (Fischmarkt) und später *De les Herbes* (Kräutermarkt), was sie ebenfalls als Ort des Handels auswies. Und so ist auch das Viertel hinter der heutigen Markthalle nach den Seidenhändlern – *Velluters* – benannt.

Dieses pulsierende Gebiet, das demokratische Herz Valencias, vereinte auf engstem Raum alle sozialen Schichten der Stadt: Damen, die in einem der nahen Geschäfte ihre Seidenkleider auswählten, Bauern und Fischer, die hier ihre Produkte verkauften, die Huerta-Bewohner, die – wie die Familie des Reisenden – aus Dutzende von Kilometern entfernten Dörfern kamen, um sich in der stolzen und reichen Hauptstadt für die nächste Saison einzudecken, Taschendiebe und Bettler, die hier, im Schutz der Menschenmenge, ihr Auskommen suchten.

Auch Paris hatte seinen großen Markt, Les Halles, mitten in der Stadt, dort, wo die alten römischen Verkehrsachsen, *cardo* und *decumanus*, aufeinander treffen. Ich habe ihn erst in der Zeit seines Niedergangs kennen gelernt; frühmorgens herrschte zwar noch reges Treiben, aber es fehlten die vornehmen Leute, anders als in seinen besten Zeiten, als die Damen des Adels herkamen, um anregende Cancale-Austern oder eine kräftigende Zwiebelsuppe zu verzehren. Auch der buntscheckige Markt von Covent Garden, wo der exzentrische Professor Higgins zwischen Blumensträußen und Gemüsebergen Eliza Doolittle traf, war einst Londons Mittelpunkt.

Blasco Ibañez hat in *Arroz y tartana* die sozialen Tragödien des valenzianischen Markts beschrieben. Er erzählt die dramatische Geschichte der armen Kinder, die von ihren Eltern aus der kargen Gegend von Teruel hierher gebracht werden und dann, wenn sie trunken von Farben und Fülle gerade den Pardalot bestaunen, den riesigen Papageien auf der Wetterfahne der nahen Kirche, in der Menschenmenge allein gelassen werden, in der Hoffnung, dass irgendein Verkäufer aus den umliegenden Geschäften – dem in seiner fernen Kindheit vielleicht ähnliches widerfahren ist – sich des Ausgesetzten erbarmen möge und ihn bei sich arbeiten ließe. Blasco schildert in seinem Buch vor allem auch die Tragödie der kleinen Ladeninhaber, die sich von der vermeintlichen Eleganz des Fremden blenden lassen, sich selbst zu gezierten Bürgersleuten entwickeln, sodann die Tugend der redlichen Arbeit vergessen und auf schnelle Spekulationsgewinne setzen. Eine geistig beschränkte Bourgeoisie, die oft nur dem rein Äußerlichen nachstrebte, dem hohlen Stil jener, die Kastilisch sprachen, um sich von dem Katalanisch sprechenden einfachen Volk abzusetzen.

Auch für die Üppigkeit des Marktes hat Blasco Ibañez in *Arroz y tartana* Worte gefunden, die heute noch zu seiner Schilderung taugen: »Dort die dunklen Bündel Spinat, die großen Kohlköpfe, wie weiße Rosen aus krauser Klöppelspitze in ihrem Blätteretui; der Lattich, elfenbeinern getönt; die bescheidenen Rüben, erdfarben, ihre zarten kleinen Wurzeln stehen wie graue Härchen ab; die Selleriestangen, grüne Mähnen, in deren frischen Locken der Wind der Felder weht, und die entflammten Radieschen, die wie Blutstropfen auf ihrem weichen Grünzeugbett liegen.«

Die Beschreibung setzt sich über mehrere Seiten fort. Blasco zählt die Säcke mit den Kartoffeln aus Aragón auf, die Läden der Spengler im Untergeschoss der nahen Kirche De los Santos Juanes, deren Architektur ihren Teil zur eindrucksvollen Wirkung des Markts beiträgt, die Stände mit Kastanien, Haselnüssen, Walnüssen und süßen Eicheln, die Honigtöpfe, »Pfefferschoten und Tomaten mit der fast falschen Röte künstlicher Produkte; die Erbsen in ihren grünen Hüllen«, die riesigen Rinderkeulen, die abgehäuteten Zicklein, »steife Ohren, verweinte Augen und aufgeschlitzte Bäuche, als sei gerade ein die Unschuld ausrottender Herodes vorbeigezogen«, die Hühner, Hühnchen, Hähne und Enten, die Puter, die zu Weihnachten von Extremadura aus die Ebene von La Mancha überquerten, um ans Ufer des Mittelmeers zu gelangen; die Wurstläden mit Schlackwürsten und endlosen Reihen von Schinken an den Wänden; die Schweinemetzgereien, »deren Fenstergiebel mit Baldachinen aus Blutwürsten verziert waren« und in denen das weiße Schmalz in irdenen Töpfen lagerte; die Läden der Thunfischer, in der Auslage »plattgedrückte Stockfische, die Salz ausschwitzten«, Schildkröten und »gescheckte Scheiben« frisch gefangenen Thunfischs. Blasco setzt sein literarisches Porträt fort mit »dem frischen Rindsfilet, den köstlichen Blutwürsten für den pantagruelschen Weihnachtstopf, den echten Kichererbsen aus Saúco, gekauft beim Wursthändler aus Extremadura«; der Stand von dem Mann aus Jijona, dessen »makellos reiner, weißer Tisch die zu Säulen getürmten Schächtelchen aus rauem Packpapier trug, darin der mehlige Turrón, die Kistchen mit Zuckermandeln und geschickt konservierten spitzen Trauben von durchsichtigem Glanz, die wie aus Wachs geformt schienen und zart bernsteinfarben schimmerten«.

Diese Beschreibung habe ich Ende der fünfziger Jahre gelesen, als ich – immer noch ein Kind – schon nicht mehr in Valencia lebte und nurmehr sporadisch dorthin zurückkehrte. Ich las Blascos Seiten in einer kastilischen Stadt, und sie weckten in mir, vielleicht zum ersten Mal in meinem Leben, ein Gefühl, das mich später noch oft begleiten sollte: die Sehnsucht, irgendwohin zu gehören. Auch ich erkannte mich als Sohn jener naturhaften, deftigen Üppigkeit, die man sich im vergeistigten und trockenen Winter von Kastilien, im dürren Schatten heiliger Reliquienschreine und Grabstätten kaum vorzustellen vermochte.

(April 1996)

Das Tor zum Meer

I

Um fünf Uhr nachmittags an einem Tag im Mai – der alte Bahnhof des Orient-Express dort gegenüber lag im milden Sonnenlicht – nahmen die Fischer am Ufer von Karaköy wie üblich ihre Plätze ein und priesen den Vorbeikommenden ihre frische Ware an. Die Galatabrücke, auch Karaköybrücke genannt, ruht auf den Wassern des Goldenen Horns und trennt das einstige Byzanz von der alten Vorstadt Pera, wo sich jahrhundertelang die christlichen Kaufleute und Handwerker niederließen. Es ist eine besondere Brücke, denn sie schwimmt tatsächlich auf dem Wasser und wogt hin und her, wenn die Strömung sie erfasst. Ihre Stahlkonstruktion besitzt einen ausschwenkbaren Mittelteil, durch den die Schiffe passieren können.

Auf der Galatabrücke – oder Karaköybrücke – drängen sich Menschen und Autos, man schubst sich, weicht einander aus; es ist eine dieser Enklaven Instanbuls, in denen die Stadt sich als einziges buntes Treiben zeigt. Um fünf Uhr nachmittags an einem Tag im Mai – der alte Bahnhof des Orient-Express dort gegenüber lag im milden Sonnenlicht – nahmen die Fischer am Ufer von Karaköy wie üblich ihre Plätze ein und priesen den Vorbeikommenden ihre frische Ware an: Stöcker, Steinbutt, Knurrhahn.

Die Boote schaukelten in der Strömung des Goldenen Horns, die vom Bosporus aus in diesen Seitenarm hereindrang, und auf den Decks stehend, riefen die Fischer ihre Kundschaft herbei. Es war ein Wunder, wie die Männer auf ihren schwankenden Holzkähnen das Gleichgewicht hielten, und genauso erstaunlich war es, dass die fragilen Bootsrümpfe nicht in Flammen aufgingen, denn überall auf den Decks brannten riesige Feuer, über denen Speiseöl erhitzt wurde. Es knisterte, wenn die Fische ins siedende Öl tauchten, und die Muscheln auf den Spießen zogen sich zusammen.

Katzengleich sprangen Kinder vom Kai auf die Bootsdecks und von den Bootsdecks auf den Kai. Als ein Tourist einen dieser seetüchtigen Fischverkäufer fotografieren wollte, bat der Mann ihn lächelnd und mit Zeichen, er möge einen Augenblick warten. Dann rief er zwei der Katzen-Kinder zu sich, legte seine Arme um sie und posierte für den Touristen. Unter seinem gewaltigen Schnurrbart blitzte eine Reihe strahlend weißer Zähne auf.

Im Untergeschoss der Karaköybrücke (man steigt über eine Metalltreppe hinab) fotografierte sich eine Gruppe türkischer Gastarbeiter, die zweifellos in ihr Land zurückgekehrt waren, um hier den bevorstehenden Ramadan zu verbringen. Sie prosteten ein paar Deutschen zu, die, so vertraut, wie sie miteinander umgingen, gewiss Arbeitskollegen aus irgendeiner fernen Fabrik in Hamburg oder dem Schwarzwald waren.

Monatelang hatten Türken und Deutsche gemeinsam den sauren Regen und das Knirschen des Laubs unter schlammverschmierten Schuhen ertragen, und jetzt saßen sie gemeinsam in einer kleinen Bar namens »Bierhaus« an einem Tisch, teilten miteinander die von der Kälte beschlagenen Krüge, die Leber mit Zwiebelringen, die Gurkenstückchen mit Joghurt, das Erzittern der schwimmenden Brücke, wenn die Lastwagen über sie hinwegrollten, und das Plätschern der Wellen an dieser Meeresgrenze, wo das Mittelmeer erneut seinen Namen wechselt. Bosporus.

Man konnte sich wohl fühlen dort.

Der Reisende fühlte sich wohl dort, in der Achselhöhle der Stadt, und betrachtete die Feuer auf den Fischerbooten und das Ballett der Fährschiffe auf ihrer pausenlosen Fahrt von Europa nach Asien: Fähren, die sich, immer zwei oder drei zugleich, vom Kai entfernen, sich zu fünft oder sechst zu einem Fächer öffnen und schäumende Muster aufs Wasser zeichnen, so als wäre der für ihr Auslaufen zuständige Beamte ein New Yorker Choreograf.

Im »Bierhaus« unter der Karaköybrücke trank der Reisende Raki, neben den Gastarbeitern, die ihre von der mitteleuropäischen Tristesse getrübten Sinne mit einem frischen und schäumenden Schluck durchspülten. Der Nachmittag war ein Traum.

Von der Anlegestelle in Karaköy aus dauert die Überfahrt nach Asien nur etwas mehr als eine Viertelstunde. Asien, Istanbuls drittes Ufer, liegt genau gegenüber, nur einen Kilometer entfernt. Man wacht mit verquollenen Augen auf und hat das Mittelmeer schon überquert, bevor man den ersten Morgenkaffee zu sich nimmt. In der Türkei hinterlässt der Kaffee einen fingerdicken Bodensatz in der Tasse, und es leuchtet ein, dass man in solch einem dunklen Sediment leicht die Zukunft lesen kann. Lässt man einmal beiseite, was in den Namen alles mitschwingt, so ist die Fahrt von Asien nach Europa ein Akt ohne größere Bedeutung. Doch ohne den Zauber der Namen (Europa, Asien, Bosporus) würde die ganze Welt zu einer einzigen weiten Wüste. Istanbul.

»The sun shines in the sky«, sagte, mitten auf der Überfahrt von Europa nach Asien, plötzlich ein Herr zu ihm, und der Reisende wusste nicht, was er antworten sollte.

»Istanbul is a beautiful city«, fügte der Mann hinzu, der sich für den Reisenden interessierte, kaum dass er die komplizierte Fotoausrüstung bemerkt hatte, die dieser bei sich trug. Es war sieben Uhr abends an eben jenem Tag im Mai. Die Fähre überquerte den Bosporus vor dieser wunderschönen Wasserfuge des Goldenen Horns und war besetzt mit Büroangestellten, Geschäftsleuten und Schülerinnen, die die Überfahrt nutzten, um ihre Mathematiklektion zu wiederholen. Die Passagiere, durch die der fotografierende Reisende sich mühsam einen Weg bahnte, hatten ihren Arbeitstag hinter sich und kehrten nach Hause zurück.

Der Herr bewies ein geradezu metaphysisches Geschick, sich auf dem schwankenden Deck der Fähre verständlich zu machen. Pfingstabend, auf halbem Weg zwischen Europa und Asien, und dann praktische Übungen in englischer Sprache; das europäische Ufer von fantastischen Minaretten durchstoßen, das asiatische sich weitend zu Räumen, die bis vor einem Jahrhundert noch unendlich waren wie die Nacht hinter den Sternen. Persien, Indien, China verbargen sich dort, die schneebedeckten Gipfel Tibets, irgendwo.

Der Herr schaffte es also, dass der Reisende (von zäher Natur, was Sprachen anbetrifft) sein Englisch verstand, und erklärte ihm in einem schwerfälligen und abgehackten Monolog, dass er Türke sei, in einer Istanbuler Bank arbeite, in Üsküdar auf der asiatischen Seite lebe und bei seiner täglichen Überfahrt die Gelegenheit nutze, sich mit den Touristen an Bord in Fremdsprachen zu üben. Der Reisende war guter Laune und keineswegs beleidigt, dass der Herr ihn dafür einspannte, seine Englischkenntnise zu erweitern.

In der Ferne waren die Umrisse der wunderbaren Hängebrücke zu erkennen, die man vor kurzem über den Bosporus gespannt hatte. Schaute man in diese Richtung, erinnerte das geplagte Istanbul an eine Postkarte von San

Francisco. Zur anderen Seite, nach Westen hin, erhoben sich auf dem abgetragenen Hügel der alten Stadt die Kuppeln der Hagia Sophia und der berühmten Sultan-Ahmet- oder Blauen Moschee. Über den Kuppeln ragten die stolzen Minarette in den Himmel, als wäre das Ganze eine Kulisse für den *Dieb von Bagdad*, entsprungen dem schwärmerischen Hirn eines Zoltan Korda. Und als wäre es damit nicht genug, waren noch viele weitere Minarette zu sehen, und, fast im Meer versinkend, der Topkapı-Serail mit seinem lang gestreckten Trakt der Palastküchen, seinem geheimnisvollen Harem, den Gemächern für die Eunuchen und die Henker, mit seinen Vitrinen und ihren edlen Rubinen und unglaublichen, mehr als drei Kilogramm schweren Smaragden. Vor den Blicken des Reisenden verborgen blieben die filigranen Pavillons im Garten, die täglich von den Touristen gestürmt werden.

Langsam brach die Nacht herein, und am asiatischen Ufer stehend dachte der Reisende, dass in diesem Bühnenbild nur fliegende Teppiche als Transportmittel erlaubt sein dürften. So dass ihm die Fähre, die nach dem Anlegen menschenleer war, auf einmal prosaisch und schmutzig vorkam. Im Abendlicht stachen die Spitzen der Minarette in die Nebelschwaden, die sich in der Höhe bildeten, und es war, als webten sie dort eine alles umhüllende, nahtlose Macht, ähnlich jener, welche die Wörter zu besitzen scheinen. Europa, Asien, Bosporus, Mittelmeer, Konstantinopel, Istanbul.

II

Istanbul schien in der Ferne zu schlafen. Der Wind ließ den Reisenden schaudern, der zum ersten Mal in seinem Leben asiatischen Boden betrat, und ihn überkam ein Gefühl der Vertrautheit, von alten Banden, die er aus der Distanz der Bücher und Enzyklopädien geknüpft hatte. Auf dieser Seite des Meers, in Üsküdar und sicherlich nur ein paar Schritte von der tapezierten Kleinwohnung des Englisch lernenden Herrn entfernt, hatte Konstantin, Kaiser des Ewigen Rom, erbittert gegen seinen Widersacher Licinius gekämpft und gesiegt. Dann hatte er, so wie der Reisende jetzt, auf das Labyrinth des Wassers und die geschwungenen Linien der damals noch unbewohnten Hügel geschaut und beschlossen, an diesem Ort, der Byzanz genannt wurde, seine neue Hauptstadt zu errichten.

In Rom hatte sich der Kaiser vorzeiten von einer sonderbaren Philosophie anstecken lassen, die eine Gruppe Juden niederer Herkunft dort verbreitete. Die Hauptstadt des Imperiums mit ihrer feinen Lebensart wollte ihre asketischen Lehren einfach nicht verstehen. Sie predigten eine Liebe ohne Berührung, die Wonnen des Fastens und den Verzicht auf alle Sinnenfreuden. In ihrem Wahn priesen sie sogar den Schmerz. Zudem hatten sie die Abschaffung der schönsten Zirkusspiele gefordert, Gladiatorenkämpfe und auch Darbietungen von Tänzerinnen.

Niemand mochte glauben, dass solche Lehren im Palast auf offene Ohren treffen würden, doch der Kaiser, beeinflusst gewiss von seiner Mutter, versicherte, er habe das Zeichen des Kreuzes am Himmel gesehen, und bemühte sich, die vornehmen Römer von den – durchaus fragwürdigen – Vorzügen des steinigen Wegs zu überzeugen, den die abtrünnigen Juden vorschlugen – nicht sehr verlockend für diese kultivierten Menschen, Liebhaber von Büchern und Musik, von bequemen und eleganten Kleidern, von gutem Essen und bequemen Betten. Die feinen Damen brachten weiterhin ihren Göttern

Weihrauch dar, Göttern, die echte Athleten waren mit straffem Hinterteil.

Kaiser Konstantin war diesen römischen Sumpf leid, wo das Spirituelle nur schwer gedeihen konnte, und glaubte, er könne sich in dieser über dem Wasser schwebenden Hügellandschaft niederlassen. Außerdem waren im abgelegenen Byzanz die neuen Ideen auf fruchtbaren Boden gefallen. Die Grenzen zu Asien waren immer offen gewesen für alle – auch die wunderlichsten – religiösen Moden. In den Küstenstädten erblühte die Esoterik, und jeden Tag gelangten neue magische Zeichen hierher, aus Persien, dem geheimnisumwobenen Indien, das auf Alexander den Großen einen solchen Eindruck gemacht hatte, tief vom Grund der schwarzen Nacht, die unbekannte Königreiche barg und Inseln, die in noch unentdeckten Meeren trieben. An den ungewissen Grenzen des Imperiums verloren die Götter ihre Identität und verschmolzen mit den neu hinzugekommenen.

Außerdem war Paulus – der erste vornehme Römer, der zu der sonderbaren kryptojüdischen Philosophie übertrat – nicht weit von diesen Ufern vom Pferd gestürzt, und seine Gesandten hatten unter der empfänglichen Bevölkerung von Byzanz ihre Arbeit getan. Konstantin muss sich hier wohl gefühlt haben, unter seinen Glaubensgenossen und fern allem Gespött der misstrauischen römischen Patrizier. Er gab der Stadt seinen Namen (Konstantinopel) und machte sie zur Hauptstadt des größten Reichs der Welt.

Er war am äußersten Punkt all seines Strebens angelangt, die Bühne der großen Kriege im Blick, nahe den nebligen Grenzen der Donau, hinter denen die barbarischen Völker sich schon regten; nur einen Sprung von jenen Ebenen entfernt, die sich hinter dem Pontus

Euxinus – an seinen Ufern hatte Ovid einst seine Verbannung beklagt – erstreckten und wo noch die wilden Tiere umherzogen, lange Zeit, bevor die roten Fahnen im harten Wind der Steppe flatterten; nicht weit von Mesopotamien, wo Orient und Okzident miteinander rangen (und heute noch ringen); und er schaute in die winterliche Ferne Asiens mit seinen unendlichen Weiten und seinen nächtlichen, unbekannten Gipfeln, auf denen Menschen hockten, von denen noch niemand je etwas gehört hatte.

Aus Byzanz wurde Konstantinopel mit seinem Hippodrom (heute von einer Flut japanischer Kameras überschwemmt), seinen Aquädukten und seinen Kirchen mit hellenischen Namen. Von hier aus leerte sich das Römische Reich wie eine Schale, als Rom schon längst keine Kapitale mehr war, sondern nur noch eine Wiese, über die die Barbarenpferde stoben, übersät von Marmorsteinen mit Inschriften, die niemand zu entziffern verstand. Es ist wahr, dass Konstantinopel die Überreste eines zugrunde gerichteten Reiches erbte und seine Monumente niemals die Größe und Vollkommenheit erreichten, die sie in der Stadt der sieben Hügel besaßen; doch mit seinem Gemisch der Völker und Stämme, der Glaubensrichtungen und Sprachen wurde Konstantinopel zum Nabel einer neuen und flüchtigen Welt, die mit überwältigenden Mosaiken verzierte Kirchen hervorbrachte, wunderliche Ideen und Mythen, die sich vermehrten und in unendlichen Disputen wieder auflebten, Streitigkeiten, die stets dazu verurteilt waren, theologisch zu werden und bei denen mehr Blut als Speichel floss.

III

Die Genuesen hatten das Privileg erworben – und auch nach der osmanischen Eroberung Konstantinopels behaupten können –, sich in einer mauerumschlossenen Siedlung am Hang von Galata niederzulassen. Jahrhundertelang gingen sie hier, zu Füßen eines düsteren und mächtigen Turms, der bis heute die Anhöhe beherrscht, völlig frei ihren Geschäften nach. Zeitweilig war diese abendländische, von ihnen Pera genannte Vorstadt Istanbuls bedeutender als die Stadt selbst. Griechen, Juden, Venezianer, Katalanen, Slawen und Genueser teilten sich den Handel in diesem Eck des Mittelmeers. Später kamen Franzosen, Engländer, Deutsche.

Noch heute überdauert in Pera die Architektur der alten Residenzen, der Häuser im Stil des Paris der Restauration oder des fernen, im Eis der Newa versinkenden Petersburg. Der Dolmabahçe-Palast mit seiner Säulenhalle und den steinernen Löwen, die am Ufer des Bosporus augenlos den sowjetischen Frachtern nachschauen, erinnert an französische Vorbilder. Noch bevor Atatürk, »Vater der Türken«, die Türkei zu modernisieren beschloss, seinen Landsleuten den Fes vom Kopf nahm und die lateinische Schrift einführte, war Europa präsent und wachte eifersüchtig über das blaue Muster der Meerengen.

Europa ist in Istanbul allgegenwärtig: in den Benetton-Läden auf der Istiklâl Caddesi, die in jenen Maitagen in den Farben der Frühjahrsmode leuchteten – grün und blau; in dem Gebäude des Postamts, das wie mit der Pinzette aus dem Pariser Faubourg Saint Honoré gepickt scheint; in dem »Tünel«, der unterirdischen Standseilbahn, die den steilen Hang von Galata hinaufführt und die sich genauso am Fuß des Sacré-Cœur in Paris oder des Tibidabo in Barcelona befinden könnte; in den überdachten Passagen, dieser Erfindung der europäischen Großstädte des 19. Jahrhunderts, die ihnen ihren besonderen urbanen Charakter verlieh; in den eklektischen Kirchen mit ihren französischen Namen: Saint-Benoît, La Trinité.

IV

In der Nähe des Gebäudes, in dem sich das spanische Kulturinstitut befindet – und das mit seiner Architektur genauso gut in Barcelona, Valencia oder Palma de Mallorca stehen könnte –, gibt es ein kleines Restaurant namens Rejans, was nichts anderes ist als die türkische Version des französischen Wortes *régence*. Die Wirtin, eine Frau unbestimmten Alters, wenngleich zweifellos jenseits der achtzig, empfing den Reisenden, der seinen Besuch bereits avisiert und sich als Kolumnist eines Gourmetmagazins vorgestellt hatte, im schwarzen Kleid und mit Perlenkollier.

»Unser Restaurant möchte so ähnlich sein wie eins, das es in den dreißiger Jahren mal in Paris gegeben hat«, sagte sie. »Wir haben ein paar französische Gerichte, aber unsere Spezialität ist die russische Küche. Die russische Familie meines Mannes gehörte zu den Weißen. Sie sind während der Revolution geflohen, da war er noch ein Kind. Dann haben sie dieses Restaurant aufgemacht. Viele Jahre war es eins der beliebtesten der internationalen Kolonie. Selbst Atatürk hat ein paarmal hier gegessen.«

Das Rejans bereitet noch heute seine russischen Piroschki zu (die besten in Istanbul, wie es heißt) und serviert sie mit türkischen Dolmas, mit *canard à l'orange* und *filet mignon*. Es hat noch dieses Flair einer anderen Epoche, das sich einfach nicht durch die Ritzen verflüchtigen will. Und als der Reisende sie fragt, ob eins ihrer Küchenrezepte noch die Handschrift ihres Mannes trägt, wendet die Frau mit der Perlenkette den Blick ab und sagt mit Groll in der Stimme: »Nein, mein Mann hat nie gekocht. Wir hatten unsere russischen Köche. *Jamais nous ne nous sommes mélangés avec les gens de la cuisine. Jamais.*«

Die Wirtin des Rejans hatte den Wodka des Reisenden mit einem Spritzer Zitrone verfeinert und stolz verkündet, dass sie die Herkunft des Branntweins geheim halte, von dem sie versicherte, es sei der beste Wodka der Welt. Gekränkt hatte sie allerdings, dass jemand auf die Idee kommen konnte, ihr Mann sei der Chef gewesen. »*Jamais de la vie*«, erwiderte sie schroff und wollte das Gespräch schon für beendet erklären.

Zeitlebens hatte ihr Mann einen Stammtisch mit Russen geführt, die, stets im Flüsterton, die Stärke des Sperrgürtels um die Sowjetbürger vermaßen und den Hunger der Moskauer Bettelkinder auf der Habenseite einer Zukunft verbuchten, die ihnen jedoch niemals zuteil werden sollte. Flüchtlinge aus Odessa irrten damals ziellos durch Istanbuls Straßen. Agejew, der Autor von *Roman mit Kokain*, wurde in den dreißiger Jahren in dieser chaotischen Stadt zum letzten Mal gesehen. Dann verschwand der Schriftsteller für immer. Einer von vielen.

V

Die Perser hatten es beharrlich auf die Stadt des Goldenen Tors abgesehen, durch das man nach Europa gelangte und von wo aus sich die Meerengen überwachen ließen; die muslimischen Türken schafften es schließlich und errichteten in ihr, gleichsam als Sinnbild, die so genannte Hohe Pforte. Als Mehmet II. Fâtih (der Eroberer) im Jahre 1453 in Konstantinopel einzog, brachen auf einen Schlag Antike und Mittelalter zusammen. Die Türken, die sich bereits Jahrhunderte zuvor, im Herzen Asiens, auf ihre Pferde geschwungen hatten, bekamen mit der Einnahme der Stadt den Schlüssel Europas in die Hand. Bald fielen Belgrad und Buda; das katholische Wien wurde belagert.

Bevor Mehmet der Eroberer Konstantinopel zur Hauptstadt seines Reiches machte und die Stadt in Istanbul umbenannt wurde, hatten die Kreuzfahrer, auf dem Rückweg von ihrem wahnwitzigen Kriegszug auf der Suche nach dem Heiligen Grab und den Reliquien der Passion, schon ihre Schätze geplündert. Zu Beginn des 15. Jahrhunderts besaß die Nachfolgerin Roms nicht einmal symbolische Bedeutung und musste warten, bis die Sultane sie wieder zu einer Weltmetropole machten. Mitte des 16. Jahrhunderts war das Mittelmeer ein mohammedanischer Binnensee.

Süleyman der Prächtige beauftragte seinen großen Baumeister Sinan, die schönsten Gebäude auf dem gesamten Erdenrund zu errichten, die gewagtesten und vollkommensten Moscheen. Die Anbetung Gottes ist nichts anderes als der Menschen Anbetung ihres eigenen Stolzes.

VI

An jenem Abend im Mai betrachtete der Reisende von der asiatischen Seite aus die beiden Städte: die muslimische mit den prunkvollen Bauten Sinans und die der christlichen Händler. Auf dem Hügel von Galata erhebt sich düster der genuesische Turm über den Wohnsilos, den Palästen, Märkten und Moscheen. Tags zuvor hatte der Reisende dort oben gestanden und zu seinen Füßen eine Stadt betrachtet, die im Abendrot glühte. Auf den Wassern der Meerenge glitten Hunderte von Schiffen dahin, und das Goldene Horn war wie einer dieser Flüsse aus Stanniolpapier, die man früher in die Weihnachtskrippe legte. Am anderen Ufer dieser Wasserzunge, die die ursprüngliche Lage der Stadt bedingte, hatte der Reisende versucht, die Kuppeln und Minarette der Moscheen zu zählen.

Die islamische Architektur Istanbuls orientiert sich eher an den prachtvollen Bauwerken Persiens als an dem schlichten Mauerwerk der Moscheen des Maghreb. Die Sultane führten die ehrgeizige Schule fort, die im alten Konstantinopel die byzantinischen Erbauer der Hagia Sophia begründet hatten: mit der Sultan-Ahmet-Moschee, der Süleyman-Moschee und, vielleicht am eindrucksvollsten, der so genannten Eroberermoschee; und, ganz am Ende, wo das Goldene Horn von der Erde verschluckt wird, mit der Eyüp-Moschee.

Auf dem historischen Galataturm wurde ein Panorama-Restaurant eröffnet, zu dem man über einen Aufzug mit Musikberieselung gelangt; als der Reisende ihn benutzte, erklang die Melodie von *Der dritte Mann*. Ganz oben, in der Krone des Turms, hoch über dem Meer, über allen Moscheen und gleichsam der ganzen Welt, deckten die Kellner die Tische für das Abendessen ein, und die Musiker einer Kapelle bauten ihre elektronischen Instrumente auf. Noch aus dieser Entfernung war die Sirene eines Schiffes zu hören.

Von der Spitze des Turms stürzte sich im Jahre 1640 Ahmet Çelebi in die Tiefe, ein Mann mit Flügeln, der über Häuser und Paläste hinwegsegelte und schließlich unversehrt landete. Und in der besten Tradition der Märchen aus *Tausendundeiner Nacht* fürchtete sich der Sultan vor jenem hochmütigen Menschenvogel, und statt ihn für seine Leistung zu belohnen, verbannte er ihn und sein Geheimnis für immer in die fernen Lande von Algier, ans andere Ende des Mittelmeers.

Zwei Frauen hatten bereits an einem der Tische im Turmrestaurant Platz genommen. Sie schienen Ausländerinnen zu sein und unterhielten sich halblaut.

Auf dem Tisch, genau zwischen ihren Köpfen, ragte eine Rose auf, die für einen Augenblick das Bild der fernen Stadt verwischte und einen roten Klecks auf den Bahnhof des Orient-Express malte. In einem Café am Fuß des Turms spielten Männer Domino auf zerschlissenen grünen Tüchern, inmitten eines Gewirrs halb geleerter Teegläschen.

VII

Im Ägyptischen Basar (oder Gewürzbasar) war es eine Freude, die Berge von Kreuzkümmel, Ingwer, Pfeffer zu sehen, die Kästchen mit Safran, die Blöcke Kürbisbrot, die Tabletts mit Lokum, Helva und Baklava. Dem Reisenden versetzte es einen Stich, als jemand erzählte, die alten Gewürzwege gehörten schon seit einigen Jahren der Vergangenheit an, und im Ägyptischen Basar von Istanbul würden nun die Erzeugnisse wie in jedem Londoner oder New Yorker Supermarkt von großen multinationalen Handelsketten geliefert.

Im Großen Basar funkelte es silbern, golden, kupfern, und die Seidenbehänge mit ihren zarten Farben waren eine bittere Versuchung für die unbetuchten Touristen. In eine der Auslagen hatte der Besitzer eine Postkarte des Valencianer Miguelete gestellt. Es war der Laden von Semih Sunal/Alberto, einem diskreten Sepharden, der dem Reisenden, noch bevor dieser ihn aus dem Halbdunkel hatte hervortreten sehen, schon hinterrücks seine Liebe zu Spanien gestanden hatte.

»Kommen Sie, mein Landsmann, kommen Sie«, sagte Semih/Alberto, der weiß der Himmel anhand welcher Merkmale die Herkunft des Reisenden erraten hatte. »Sehen Sie sich das Foto unserer spanischen Könige an. Ich komme von dort, aus dem alten Barcelona, meine Vorfahren sind vor vielen Jahren aus der Altstadt Barcelonas gekommen. Zu Hause habe ich noch Dokumente von damals. Aber schauen Sie hier, mein Freund, sind das nicht wunderschöne Teppiche?«

Der Sepharde wollte verkaufen, sonst nichts, und der Reisende interessierte sich für nichts als seine Geschichten und den Tonfall dieser archaischen Sprache. So dass der Sepharde sich rasch von ihm abwandte, vom alten Barcelona und auch von den Majestäten, die nun wieder allein waren auf ihrem Foto und in die überall gestapelten Teppiche lächelten.

»Ich bin alt. Ich brauche nichts. Meine einzige Familie ist Gott«, sagte der Sepharde zum Abschluss seines Berichts. »Er ist meine Hoffnung. Mit Ihm teile ich mein Haus, das niemals leer gewesen ist, denn Er füllt es aus.«

Ein leichter Groll schwang in den schönen Worten des Mystikers, der gemerkt hatte, dass der Reisende nicht die geringste Absicht hegte, etwas zu kaufen, worauf er ihn verachtete und dieser seiner Wege ging. Der Große Basar war ein einziges Gewühl, das für die Einsamkeit nur wenig Raum ließ, es sei denn für diese unendliche Einsamkeit, die von den Menschenmengen wie in Watte geschlagen wird. Unter den bemalten Gewölben schoben sich die Leute aneinander vorbei, vorbei an Cafés, in denen einsame Dichter einst um ihre geliebte Heimat klagten. Eine Liebe, die keine Erwiderung fand.

VIII

Eine Menschenmenge zog zur Beyazıt-Moschee, an deren Brunnen sich Hunderte von Männern die Füße wuschen, bevor sie ihre Gebete sprachen. Der Islam betet mit dem Körper. Es ist eine Religion, die etwas von einer männlichen gymnastischen Übung hat. Die Gläubigen in der Moschee schienen Athleten zu sein, die sich auf einen Kampf vorbereiten. Sie krempelten sich die Ärmel auf und schlugen die Hosenbeine bis zu den Knien hoch; dann hockten sie sich vor den Brunnen und vollzogen mit gemessenen Bewegungen ihre Waschungen.

»*Allahu akbar.*« Gott ist größer.

Es war der Vorabend des Ramadans, und die Moscheen der Stadt waren von Gläubigen überfüllt. Zwischen den Minaretten waren Gebete gespannt, in den Himmel geschrieben mit bunten Glühbirnen, die aufleuchten würden, sobald die Nacht hereinbrach. Über endlose Kontinente und riesige Ozeane hinweg vereint der Islam die Völker. Wenn die Lichter der Moscheen von Istanbul angingen, würden die Menschen im fernen Luzon bereits mit dem Fasten begonnen haben; in Samarkand würden sie bald folgen, und in Kairuan, in Moulay Idriss würden sie sich darauf vorbereiten.

In der ersten Nacht des Ramadans leuchteten in den Gässchen entlang der Istiklâl Caddesi schamlos die Neonlichter. Die Schriftzüge besagten Eyfel Paviyon, Copa Copana, Karnaval. In einem der lärmenden Etablissements wurde dem Reisenden, als er einen Raki bestellte, dieser zusammen mit einer Obstschale und einem Mädchen serviert, das sich auf den Hocker neben ihm setzte und den neuen Gast nicht aus den Augen ließ. Auf der Tanzfläche wälzten sich zwei Frauen über den

Boden. Mit den Spitzen ihrer Fingernägel suchten sie nach etwas unter ihren winzigen roten Höschen.

Am nächsten Morgen hatte der Raki im Gemüt des Reisenden seine Spuren hinterlassen, und er verbrachte einen großen Teil des Tages im Hotel. Nur die Zeit, die er in der Cağaloglu Ali Pasa, im Haus der alten Medrese, vor einer Wasserpfeife saß, half ihm ein wenig, seine Lebensgeister zu wecken; dabei lag etwas so Wunderbares in dieser abendlichen Stadt mit ihren von Menschen überfluteten Bürgersteigen, ihren lärmenden Basaren und den Cafés, in denen die Männer Tavla spielten.

Ein Kellner legte den feuchten, gut mazerierten Tabak auf den aufgesteckten Pfeifenkopf und obenauf die glühenden Kohlenstückchen, die den Tabak lautlos verbrannten. Der Duft des Rauchs stieg langsam empor. Am Grund des Gefäßes sprudelte das Wasser, und über dem Wasser wanden sich geheimnisvoll die Rauchspiralen. Die Raucher flüsterten, und die Zeiger der alten Wanduhr ließen sich Zeit auf ihrer Reise um das Zifferblatt.

Danach verkaufte eine Frau ihm eine Rose, die er sich ins Knopfloch steckte, und ein Handelsvertreter lud ihn in der Blumenpassage zu einem Glas Tee ein. Er hieß Tunceli Mehmet und war fern von hier, im Osten Anatoliens, geboren, wo die Hirten Grützsuppe und Joghurt zubereiten und der Winterwind von den verschneiten Gipfeln fällt. Der Reisende erklärte ihm, dass auch er fern von hier geboren sei. Und Herr Tunceli antwortete ihm, in Istanbul seien fast alle in der Ferne geboren. Und er erzählte ihm, nach Istanbul kämen die Menschen aus Kappadokien, um sich hier still und leise zu vermehren, von den lieblichen Ufern Kleinasiens, aus dem fernen Kurdistan, einem von den Behörden verbotenen Land, dessen Name niemals ausgesprochen werden dürfe, und außerdem sei Istanbul bevölkert von Juden in der Diaspora, von geschmähten Griechen, von Franzosen, die vom Weg abgekommen seien und nicht mehr wüssten, ob sie ihn noch wieder finden wollten, von Militärberatern, Touristen, Soldaten auf Urlaub und Bauern, die sich an einem Schalter in die Schlange stellten, das Geld genau abgezählt für ein Ticket nach Berlin.

(Mai 1986)

Auf dem Weg

Im Jahre 1856 wurde der Tunnel Saint Irenée in Betrieb genommen, durch den die Eisenbahnlinien Paris–Lyon und Lyon–Marseille miteinander verbunden wurden, so dass Fahrgäste die Strecke zwischen der französischen Hauptstadt und dem Mittelmeer zurücklegen konnten, ohne den Bahnhof wechseln zu müssen, wie sie es bislang getan hatten.

Die Gastwirte und Geschäftsleute zeigten sich erbost über diesen – wie sie meinten – Anschlag auf die vitalen Interessen der Stadt und unternahmen eine Reihe von Protestaktionen, um zu erreichen, dass sich am Umsteigen zwischen den Stationen Vaise und Perrache nichts änderte und die Fahrgäste auch weiterhin gezwungen waren, wenigstens für ein paar Stunden in Lyon zu verweilen.

Die Proteste blieben folgenlos, und bald schon war Lyon nichts weiter als eine Landschaft (die Hügel, die Wasser der Rhône und der Saône, die Dächer der Altstadt, die stolze Kuppel des Hôtel-Dieu), die sich den Fahrgästen durch die beschlagenen Scheiben der Zugfenster zeigte. Und ihre privilegierte Lage am Kreuzungspunkt jahrtausendealter Wege wurde für die Stadt zu einer Strafe, die sie dazu verdammte, bloße Durchgangsstation zu sein, eine Strafe, welche die Vaterstadt des römischen Kaisers Claudius mit stummer Verbitterung ertrug.

Lyon war nicht mehr das, was es jahrtausendelang gewesen war: ein Ort, an dem man seine Reise unterbrach, um auszuruhen; es wurde zu einer Kilometermarke, die man auf dem Weg nach Irgendwo hinter sich lässt. Wer ist nicht schon einmal durch Lyon gekommen? Doch wer ist jemals nach Lyon gefahren?

Für die allermeisten ist Lyon ein flüchtiges Bild, das plötzlich zwischen zwei Tunneln der Autobahn von Paris zum Mittelmeer auftaucht oder, schlimmer noch – seit Einführung der Hochgeschwindigkeitszüge –, ein vorbeihuschender, bunter Fleck. Der Urlauber, der von Barcelona oder Marseille nach Paris, ins Burgund, nach Strasbourg oder Köln reist, erblickt neben der Autobahn einen Lichtschimmer von Lyon; oder ahnt, falls er Richtung Genua abbiegt, das pulsierende Leben seiner *banlieue*; desgleichen, wenn er, aus Nordeuropa kommend, Mailand, Rom oder Venedig ansteuert.

Auf dem Flug nach Wien oder Budapest sieht er aus der Luft Lyon, wie es sich in der Ebene ausdehnt, die der mächtigen Wand der Alpen vorgelagert ist; sieht vom Himmel aus unter sich Lyon und dort drüben das Mont-Blanc-Massiv und denkt, dass ihm die Stadt mittlerweile vertraut ist und es ihm deshalb nie in den Sinn käme, sie in die Liste derer aufzunehmen, die er noch besuchen muss und denen er gern ein paar Tage widmen würde. So etwas kommt vor: Da sieht einer seine Nachbarn jedes Wochenende die Wäsche auf die Leine hängen, begegnet ihnen mit Einkaufstüten auf dem Markt, trifft sie am Tresen in der Bar von gegenüber und findet nichts Besonderes an ihnen, das es rechtfertigen würde, auf sie zuzugehen und ein Gespräch anzufangen; bis er erfährt, dass es irgendwelche Berühmtheiten sind, denen von allen Seiten Ehrungen zuteil werden und die alle Welt begierig ist kennen zu lernen.

So ähnlich ist es mir auch mit Lyon ergangen, obwohl ich das Bild dieser Stadt schon in mir trug, als ich noch kaum sprechen oder laufen konnte. Ich stieß jedes Mal auf sie, wenn ich die Familie eines Großonkels besuchte, die in Sagunto, einem Stadtteil von Valencia, eine winzige Wohnung besaß, von der aus man die Station der elektrischen Nahverkehrszüge sah, ein Kloster mit blauer Fayencekuppel, das Grün der Obstplantagen und die blaue Linie des Meeres mit den vorüberziehenden Schiffen. Dort hing an einer Wand des Esszimmers ein querformatiger, handkolorierter Stich, auf dem der Hügel von Lyon abgebildet war (inzwischen weiß ich, dass er Mont Fourvière heißt), mit einem protzigen Sühnetempel in der Art, wie Ende des 19. Jahrhunderts in Paris gebaut wurde, um für die Sünden Abbitte zu leisten, die die Arbeiter zurzeit der Pariser Kommune begangen hatten (Sacré Coeur); außerdem sah man die Dächer der Stadt und einen Fluss, der, wie sich herausstellte, nicht die Rhône war, was mich ein Erdkundebuch, aus dem ich als Kind gelernt hatte, lange glauben ließ, sondern die Saône, und den ich für schön hielt, weil sein Wasserreichtum in keinem Vergleich zu dem erbärmlichen Rinnsal des nahe gelegenen Flusses Turia stand, den ich in der lauten Straßenbahn der Linie 16 überquerte, um zu der Wohnung in Valencia zu gelangen, wo die alten Erinnerungen an Lyon aufbewahrt wurden: die kolorierte Stadtansicht, alte Postkarten und die Geschichten, die meine Verwandten von einer fernen und für immer unerklärlichen Emigration erzählten, die im zweiten oder dritten Jahrzehnt des 20. Jahrhunderts erfolgt sein muss. Vor allem anderen war Frankreich für mich jener Fluss, der mir so imposant schien, die kunstvollen Farben des alten Stichs, der Hügel und die Dächer.

Viele Jahre später kam auch ich wie Millionen andere Reisende durch Lyon, nachdem ich längst Gelegenheit gehabt hatte, ein anderes Frankreich kennen zu lernen (das satte Grün der baskischen Küste und die einsamen Strände von Biarritz außerhalb der Saison, das melancholische Kasino von Honfleur mit seinen kitschigen Proust-Souvenirs), und schon selbst eine Weile in Paris gelebt hatte.

Es war eine Winternacht, in der ich zum ersten Mal mit dem Vorbild der kolorierten Stadtansicht in Berührung kam. Ich hatte es eilig, wieder nach Paris zu kommen, sicherlich um mir ein weiteres Mal das Herz brechen zu lassen, und hatte in Valencia einen Bus mit Emigranten bestiegen, der im Morgengrauen in Lyon Halt machte.

Ich erinnere mich jetzt wieder an jene entmutigende und überstürzte nächtliche Szene. An ein paar Autos, die in der Dunkelheit auf die wenigen Fahrgäste warteten, welche aus dem Bus stiegen und die Mantelkrägen hochschlugen, an die starken Kaimauern der Rhône (diesmal war es tatsächlich die Rhône, ich hatte mittlerweile gelernt, dass Lyon eine Stadt mit zwei Flüssen ist), zwischen denen sich ein eisiger, von den Alpen herabwehender Wind Bahn brach (auch der Wind ein eiliger Passant wie der Reisende, wenngleich in entgegengesetzter Richtung), an die eleganten, traurigen Steinfassaden, in denen zu dieser Winternachtsstunde kein einziges Fenster erleuchtet war, an die neoklassizistischen Kuppeln, die an Abbildungen aus Architekturkatalogen erinnerten, an das Wasser in seiner wilden, Furcht einflößenden Jagd zum Meer, dessen dumpfes Brausen sich mit dem eisigen Heulen des Windes mischte.

Dieser erste Eindruck, für den Reisenden gleichsam ein expressionistisches Porträt seines gemarterten Herzens, fand bei späteren Kurzaufenthalten seine Fortsetzung, bei denen ihm die flüchtig wahrgenommene Stadt andere, jetzt taghelle Facetten von sich darbot. Der Reisende und Lyon waren eine ähnliche Beziehung eingegangen wie die Protagonisten in David Leans Film *Begegnung*, in dem ein fremder Mann und eine fremde Frau, beide glücklich verheiratet, Tag für Tag an einer Bahnstation aufeinander treffen, während sie auf die Züge warten, die sie jeden Nachmittag nach der Arbeit in entgegengesetzte Richtungen davontragen. Sie verlieben sich ineinander – eine andere Liebe als die zu ihren Ehepartnern – in den kurzen Gesprächen unter der Uhr, die ihnen alle Nachmittage die baldige Trennung ankündigt, eine Trennung, die eines Tages endgültig sein wird.

Ich war jedes Mal in Eile, wenn ich durch Lyon kam, und bei jeder Begegnung wurde mir erneut die Fähigkeit dieser Stadt bewusst, immer wieder in der Mitte des Weges zu liegen und sich ganz nach Geschmack desjenigen zu verkleiden, der mit ihr zusammentraf. Mir fiel auf, dass ich, von Süden kommend, Lyon als die erste wirklich europäische Stadt empfand, auf die ich stieß, wo Frankreich wirklich Frankreich wurde, und dass ich sie im Gegenteil immer wie die erste Vorbotin der mediterranen Welt wahrnahm, wenn ich mich auf der Rückreise von irgendeinem Ort in Mitteleuropa befand.

Auf diese Weise begriff ich, noch bevor ich in der Stadt öfter als ein paarmal nacheinander Halt gemacht hatte, dass Lyon eine widersprüchliche und schwankende Persönlichkeit besitzt. Wer aus Spanien oder Italien hier eintrifft, dem springen die Häuser ins Auge, die das Ufer der Rhône säumen, die Gebäudekomplexe der Halbinsel, die in Einklang mit den Ideen Haussmanns angelegt sind, dem es um Sauberkeit und sozialen Frieden zu tun war; mit anderen Worten darum, dass die bürgerlichen Viertel von den Industriegebieten klar getrennt und hygienisch waren und die Straßen der Stadt breit genug, damit die Armee bequem ihre Pferde einsetzen und gegen Aufruhr und die Barrikaden vorgehen konnte, die die Arbeiter bei ihren regelmäßigen Aufständen errichteten.

Auf dieser Halbinsel, einer Landzunge, die die Wasser von Rhône und Saône trennt, wurde die Stadt des 18. und 19. Jahrhunderts erbaut: Die stolze Place Bellecour mit ihren Steinfassaden, den hohen, an Paris gemahnenden Schornsteinen und der Statue Ludwigs XIV., die je nach den Wechselfällen der Geschichte niedergerissen oder wieder aufgestellt wurde; die harmonische Anlage der Place Terraux; die Statuetten und vergoldeten Fensterrosetten sowie die von goldbronzierten Pfeilspitzen gekrönten Zaungitter des Parc de la Tête d´Or. In diesem Viertel begegnet der Reisende einer kalten, jansenistischen Stadt, gleichsam einem aus der prächtigen Orange Paris herausgelösten Fruchtstück.

Wer dagegen aus einem der vielen Herzen Europas kommt, bemerkt das blendende Licht, das die lebendige Nähe der mediterranen Welt verrät, oder die verstreuten römischen Überreste auf den Hügeln, an denen die Stadt emporwächst, die engen Gassen des mittelalterlichen Vieux Lyon, den Mont de la Croix Roux (wo die Textilarbeiter lebten, die fleißigen *canuts*) mit seinen kreuz und quer verlaufenden Sträßchen, seinen pastellfarben gestrichenen Mauern und den geheimen Durchgängen oder *traboules*, die an die winzigen Gassen von Marseille, Neapel, Genua oder Barcelona erinnern, an die *azucacs* in Valencias Altstadt und – erst recht heute, wo sie alle von maghrebinischen Emigranten bevölkert sind – sogar an irgendeine farbenprächtige nordafrikanische Medina.

Und staunend steht er – am rechten Ufer der Saône – vor den Renaissance-Palästen, deren harmonisch quadrierte Höfe wie geschaffen sind, den Duft der Limonen und ihre fruchtig leuchtenden Farben barocker Stillleben zu beherbergen, ein Faszinosum für die schwermütigen germanischen und angelsächsischen Romantiker, denen Lyon ebenfalls Durchgangsstation war auf ihrer Suche nach dem Duft der Orangenblüte, der in ihren winterlichen Albträumen die Provence einhüllte, nach den römischen Säulen, verstümmelt wie die Hemistichien ihrer Verse, nach den Marmorbüsten und dem sandigen Grund der Amphitheater als einem Vorboten der Wüste, die sich auf der anderen Seite des glitzernden Meeres ausdehnte – Paraphernalien, die sich in den zerquälten Köpfen der Nordeuropäer zum Traumbild des Südens zusammengefügt haben.

Noch die Formation der beiden Flüsse scheint jene Scharnierfunktion sinnfällig zu machen, die Lyon einnimmt, seinen verwirrend grenzhaften Charakter, blickt doch ausgerechnet die neoklassizistische, leidlich europäische und wohl geordnete Stadt auf die Rhône hinaus, einen mediterranen, launenhaften und ungebärdigen Fluss, der bis zu seiner kürzlich erfolgten Kanalisierung bei jedem Hochwasser über die Ufer trat, während er in den langen Dürreperioden dahinkümmerte wie alle Flüsse rund ums Mare latinum, die sich abwechselnd in reißende Ströme oder in trockene Flussbetten verwandeln. Die Saône dagegen, die das kunterbunte Häusergewirr der alten Stadtviertel begrenzt, Viertel, in denen sich dem Reisenden die Nähe des vielbeschworenen romantischen Südens mit all seiner lärmenden, ungeregelten Lichtdurchdrungenheit ankündigt, ist ein kartesianischer und europäischer Fluss, der gemächlich dahinfließt und es nicht nötig hat, seiner Präsenz durch zeitweilige Extravaganzen Nachdruck zu verleihen.

Lyon, das die Römer Lugdunum nannten (und zur Hauptstadt Galliens machten – eben wegen seiner günstigen Lage am Schnittpunkt der durch die Flüsse Rhône und Saône markierten Nord-Süd-Verbindung und der quer dazu verlaufenden Straße vom Bollwerk der Alpen hinüber in die weiten Ebenen), entfaltet vor den blassen Augen der Teutonen ein komplexes Farbspektrum, das durch sämtliche Gerüche des Südens ergänzt wird: Lyon duftet nach Lavendel, Safran, Knoblauch, Petersilie und anderen aromatischen Kräutern, es bietet der regenschwangeren Vorstellungswelt der im Norden beheimateten Völker die Sanftheit des Olivenöls und die Leichtigkeit der exotischen Seidenstoffe (für die Lyon bis heute eines der wichtigsten Zentren des Weltmarktes ist) sowie die lautstarke Melancholie ihrer Tavernen und alten *bouchons*, wie die zünftigen Gaststätten genannt werden, in denen man schmackhafte Gerichte von Innereien zu essen und leuchtenden Beaujolais zu trinken bekommt.

Doch sollte man sich nicht täuschen lassen, denn Lyon (der Bahnhof, wo der Zug aus dem Norden endete und man zur Eisenbahnlinie Richtung Süden wechseln musste) ist zugleich eine Stadt, die – das gibt man den lautstarken Reisenden aus jenen sonnigen Regionen deutlich zu verstehen, wo Europa seinen Namen verliert – einer bestimmten Vorstellung von *grandeur* huldigt und für starre Rituale schwärmt. Es ist die strenge und berechnende Stadt Thérèse Raquins, in der man die Emigranten schief anschaut oder in der es bis vor kurzem noch unmöglich war, nach Sonnenuntergang bestimmte Leute zu besuchen, ohne eine genaue Zeit auszumachen, da man sonst vor verschlossenen Türen stand und es weder Pförtner noch Klingelanlagen gab, die einem weiterhalfen. In Lyon steigt man vom Norden in den Süden um, aber – und das sollte man nicht vergessen – auch in die entgegengesetzte Richtung.

(Dezember 1995)

Spaziergang durch das alte Genua

I

Nach Genua reiste ich zum ersten Mal vor vielen Jahren. Ich kam damals übers Meer, als die Passagierschiffe noch im Herzen des alten Hafens anlegten, und noch heute habe ich das überwältigende Bild der Stadt vor Augen, die wie bei einer langen Kamerafahrt näher rückte. Die grünen, bewaldeten Hügel, die Festungen, die Kuppeln und Türme, die immer dichter aufeinander folgenden Dächer und heruntergekommenen Lagerhallen, sie wurden größer und größer, bis sie mich von allen Seiten umringten.

Genua mit seinen ockerfarbenen Mauern und den schmalen, schattigen Gassen, in denen der Küchendunst hing, der Geruch von Kräutern, Gewürzen und Schmutz; mit seinen Flügeltüren, durch die man ins Innere von Zimmern und auf Betten blicken konnte, wo eine Frau im Kämmen innehielt, um den Passanten nachzusehen; mit seinen lauten Kneipen und geheimnisvollen Hausdurchgängen. Genua war für mich eins der letzten Bilder vom Mittelmeer, das jenseits meiner Eindrücke aus der Kindheit lag und das ich bisher nur aus Filmen und Büchern kannte.

Nicht weniger überwältigt war ich von der Erhabenheit der steinernen Fassaden, der Harmonie ihrer Gesimse, Kragsteine, Architrave, Reliefe und Statuen, die plötzlich meine Aufmerksamkeit erregten, am Ende einer ansteigenden Gasse, die ins Nichts zu führen schien, oder an der Ecke eines Platzes, wo ein Tischler unter freiem Himmel seinem Gewerbe nachging; die sich ein andermal, aufgereiht in strenger Würde, zu Straßenzügen formierten, die der Inbegriff von all dem Geist und Reichtum waren, den die Menschen über die Jahrhunderte angesammelt hatten. Via Garibaldi, Via Balbi. In Genua entdeckte ich zum ersten Mal die Schönheit Italiens, von der ich aus Kunstbüchern nur eine Ahnung besaß.

Genua ist ein glanzvolles – und längst verfallenes – Tor Italiens; wie Venedig, das verborgener liegt in den labyrinthischen Wasserstraßen seiner Lagune; wie Neapel, das noch prächtiger ist, vielleicht aber auch stärker gezeichnet von der Zeit, in seiner unendlich weiten, vollkommenen Bucht im Schatten des Vesuvs, der sie immer wieder heimsucht.

II

Als die Kreuzfahrer Genua – ursprünglich der Hafen Mailands – im 11. Jahrhundert zum Ausgangspunkt ihrer großen religiös-kommerziellen Unternehmung erwählten, wurde die Stadt zum Umschlagplatz für Handelswaren aus dem Orient, allem voran für Gewürze: Zimt, Zucker, Pfeffer, Nelken; aber auch für Seide und feines Tuch aus dem fernen China, die, nachdem sie endlose Wüsten und die Weite der Ozeane durchquert hatten, an Bord der stolzen Galeeren hier eintrafen.

Von Genua aus spannte sich eine Brücke nach Jerusalem, Antiochia, Beirut, und mit der Zeit wurden auch Verbindungen nach Konstantinopel geknüpft, nach Kairo, Mallorca, Tortosa und Tripolis. Und wenn die Stadt auch aus Angst vor Seeangriffen der Sarazenen zur Festung ausgebaut wurde, lernten ihre Bewohner mit der Zeit doch, sich wie selbstverständlich in den Gassen von Pera zu bewegen, legten an den Kais von Alexandria an und trieben Handel in allen Winkeln der arabischen Welt.

Genua, die Herrscherin des Tyrrhenischen Meers, wetteiferte mit Venedig, der Königin der Adria, die bereits im 13. Jahrhundert, hinter Paris und Konstantinopel, zur drittwichtigsten Stadt der Welt aufgestiegen war. Die Genovesen machten den Venezianern den Mittelmeerhandel streitig, so wie sie zuvor mit den Sarazenen um die Herrschaft über die riesige Kornkammer Siziliens gekämpft hatten, und mit ihren Galeeren sicherten sie sich im Mare Nostrum das Weizenmonopol.

Genovesen gab es nicht nur in allen großen Städten des osmanischen Reichs, sondern auch in Mallorca und in Katalonien, wo sie Sklaven kauften, oder in Valencia, wo sie in der heute noch existierenden Calle de la Bolsería den Leinenhandel für sich beanspruchten, oder an den fernen, eisigen Küsten Bergens, wohin sie auf der Suche nach *stoccafisso* – Stockfisch – fuhren, der in den christlichen Ländern, seit die Kirche die lange Fastenzeit eingeführt hatte, immer beliebter geworden war.

Der Reichtum, der aus diesem regen, jahrhundertelangen Handel geschöpft wurde, sollte der Grundstein sein, auf dem die Stadt sich erbaute, sich ausdehnte bis über die umliegenden Hügel und auch in die Höhe wuchs, bis sie ihr dicht gedrängtes Erscheinungsbild bekam und zu einem Ort wurde, der mit seinem Boden geizte (Genua war das Meer, war seine Siedlungen in der Fremde, seine Konsulate); eine Stadt, die heute weder Plätze noch offene Räume kennt, nur ein Knäuel enger Gassen, die sich plötzlich öffnen oder weiten, um einem monumentalen Bauwerk Platz zu machen, stolzes Wahrzeichen eines mächtigen Fürsten oder selbstbewussten Kaufmanns.

Grimaldi, Spinola, Doria. Die Namen genovesischer Geschlechter überziehen die Welt des Mittelalters mit dem Glanz von Edelmetallen und dem Duft exotischer Gewürze. Und zu Beginn der Neuzeit wäre es undenkbar gewesen, von Amerika zu sprechen, ohne die Kartografenschulen der stolzen Stadt zu erwähnen (die sehr wahrscheinlich auch der Geburtsort von Kolumbus ist) oder ohne die hervorstechende Rolle ihrer Händler und Bankhäuser im Monopolhafen von Sevilla mit zu bedenken, dessen Handel sie schließlich beherrschten. Quevedo sprach von Genua als dem Ort, wo das Gold Amerikas, nach kurzem Glanz in Spanien, begraben wurde.

Nur wenige Städte besitzen ein so reiches historisches Erbe, das sich zugleich auf so direkte Weise in der Architektur widerspiegelt, auch wenn manche Bauten aus jüngster Zeit es zu verdecken suchen, die moderne Schnellstraße etwa, die sich wie ein Knebel zwischen die Stadt und das Meer zwängt. An den Bauwerken Genuas kann der neugierige Reisende den Lauf der Zeit ablesen und mit Wonne Geschichte erleben.

Zum Beispiel kann er durch das Gassenlabyrinth von Sottoripa spazieren, vorbei an den Handelsbörsen, und noch heute an der Aufteilung des Stadtraums ausmachen, wo einst die Gewürze gelagert wurden, die nach endlosen Seereisen hier eintrafen; er kann den prächtigen Campanile von San Donato betrachten oder die wunderschöne Fassade der Kathedrale San Lorenzo, ihre harmonisch gefügten schwarzen und weißen Steine, und sich alsbald in einer romanischen Stadt aus der Zeit der Kreuzzüge verlieren; beim Anblick des strengen, Ehrfurcht gebietenden Dogenpalasts wiederum ahnt er etwas von der allumfassenden, stolzen Macht eines aristokratischen Systems, in dem das Wort Republik nur Deckmantel war für das unerbittliche Regime der großen Kaufmanns- und Bankiersfamilien.

III

Seit jeher zeigt sich Genua dem Reisenden als eine Stadt der Kontraste: hier die engen Gassen mit ihren hohen Häusern, in die kaum Tageslicht dringt; dort die imposanten religiösen und weltlichen Bauwerke, an denen der Überfluss ins Auge springt wie eine Schuld, die sich nicht verbergen lässt. Mit einer Mischung aus Staunen und ehrfürchtiger Scheu betrachtet der Reisende all die Bauten, die die Via Garibaldi und die umliegenden Straßen säumen. Auf ein paar Metern stehen hier fast zwei Dutzend der unglaublichsten Palazzi: Carrega-Cataldi, Lercari-Parodi, Spinola, Bianco, Rosso, Durazzo...

Großartige Portale, Höfe mit Säulengängen, Brunnen, Treppchen, Skulpturen. Ein beeindruckendes Schauspiel, das sich ähnlich maßlos in der Via Balbi wiederholt; und wie verstreute Kristalle blitzen an zahllosen anderen Orten der Stadt solche Palazzi auf, in der Via de Ponte Reale oder an dem Platz Largo Eros Lanfranco, der von der eindrucksvollen Fassade des Palazzo Doria-Spinola beherrscht wird.

Oft gibt die äußere Prachtentfaltung einen Vorgeschmack auf die Schätze in ihrem Innern. Gemälde von Rubens, van Dyck, Bruegel, Veronese oder Zurbarán schmücken die Säle der Palazzi, die jahrhundertelang einige der größten Vermögen der westlichen Welt beherbergten, heute zumeist Museen. Das religiöse – nicht minder herrschaftliche – Pendant zu den Bauten der reichen Familien sind die Kirchen und frommen Stiftungen, die im Schatten der überquellenden Prosperität des Hafens errichtet wurden. Wer die Stadt aber wirklich kennen lernen will, der braucht Geduld, denn trotz allem Wandel der Zeiten haftet Genua wie ehedem der Rückzug ins Private an, wie es dem Bürgertum in allen Ländern eigen ist. Genua öffnet dem Besucher seine Türen nicht allzu bereitwillig.

Wie Fès ist Genua eine labyrinthische Stadt, wo der Reisende sich stets verläuft und am Ende doch froh ist über sein Missgeschick, weil er auf etwas gestoßen ist, das er nicht erwartet und von dem er vielleicht nicht einmal geträumt hat. Wer sie besucht, muss in die Altstadt eintauchen, muss einen Blick in die Kirchen mit ihren freskenbedeckten Kuppeln werfen, und genauso muss er seine Erkundungsgänge in die jüngeren Viertel der Stadt lenken, muss an den Portiken der schönen Fin-de-Siècle-Häuser an der Via XX Settembre entlangspazieren, muss einen Abstecher zur Piazza Colombo machen und über den lebhaften und farbenfrohen *Mercato Orientale* mit seinem überreichen Angebot an Gemüsen und heimischen Fischen schlendern.

Wie Fès oder Barcelona will auch Genua von den umliegenden Hügeln, die der Stadt den Weg ins Land versperren, überschaut werden. Will, dass man von der oberen Station einer der Zahnradbahnen und Aufzüge, die die Stadt durchziehen, den Blick auf das Muster der Straßen genießt. Auch die Seitenansicht, wenn man sich vom Zentrum der Stadt entfernt in Richtung Piazza Vittoria mit ihrem Triumphbogen und der mussolinischen Architektur, oder wenn man durch die vornehmen Wohnviertel Nervi und Capolungo am Meer entlangschlendert, zwischen Villen der Jahrhundertwende und Palmengärten. Freud empfahl Genua seinen Patienten zur Behandlung ihrer Neurosen. Und selbst von hinten muss man die Stadt betrachten, wenn man ihren prachtvollen Friedhof schon hinter sich gelassen hat, künstlerischer Kontrapunkt der Stadt der Lebenden und Sinnbild für das Überdauern von Eitelkeit und Prunk über den Tod hinaus.

Die Prunksucht seiner Kaufleute stellt Genua allzu aufdringlich zur Schau. Darin ist ihm Rom, dessen Baukunst vom Raffinement der Päpste und Kardinäle geprägt ist, zweifellos überlegen. Außerdem trügt das Bild einer niemals stillstehenden Stadt. Seit einiger Zeit schon hat Genua, das immer mehr seine wirtschaftlichen Grundlagen verliert, etwas von einer leeren, unter der Sonne dörrenden Hülle, weshalb dem Betrachter ihr Protz, ihre Maßlosigkeit so ins Auge sticht. Und selbst die Genovesen sagen dem Besucher bei jeder Gelegenheit, dass ihre Stadt schon seit mindestens zehn Jahren tot sei oder zumindest im Dornröschenschlaf liege.

Am Quarto dei Mille, der Stelle, wo Garibaldi mit seinen »tausend Mann« im Dienst des Liberalismus zur Eroberung Siziliens aufbrach, steht heute ein Denkmal. Es war ein echtes Heldenstück, auf das die Genovesen bis vor kurzem stolz waren und das sie jetzt, wo das große Jammern der Norditaliener über den Süden angehoben hat, bedauern. »Verflucht sei der Tag, an dem uns so etwas einfallen konnte«, sagte mir ein Taxifahrer, als ich kürzlich in der Stadt war. Dasselbe hatte ich schon von anderen gehört. Genua klagt darüber, am Ende seines Abenteuers angekommen zu sein. Seit Jahren schon ist das Bild Genuas als Italiens Tor zur Welt mehr Theaterkulisse als Realität, mehr Geschichte als Gegenwart. Und für fast alle Übel machen die Genovesen den Süden verantwortlich, den sie in ein einiges und liberales Italien zu integrieren halfen. »Der Norden arbeitet, der Süden singt, und Rom prasst«, sagen sie und reden damit ihren milanesischen Nachbarn nach dem Mund.

In den letzten Jahren hat die Stadt sicher mehr als hunderttausend Einwohner verloren. Längst laufen von ihren Kais keine Schiffe voll verarmter Emigranten mehr in Richtung Amerika aus, und es kehren auch keine mit amerikanischen Parvenüs zurück. Das Flugzeug hat die Schifffahrt verdrängt, und auch die großen Staatsbetriebe, die das wirtschaftliche Geschehen Genuas maßgeblich bestimmten (die Schwerindustrie, ihre Finanzkraft), sind inzwischen privatisiert oder haben ihre Zentralen nach Rom verlegt.

Die alte Stadt hat etwas Versteinertes, und ihre Bewohner denken heute, alles würde gut, wenn nur der agrarische Süden nicht wäre, dessen Getreidehandel sie über Jahrhunderte ernährte. Und auch wenn es auf den Straßen Genuas von Tunesiern mit Namen Ahmed und Sizilianern mit Namen Carmine wimmelt, blickt man voll Misstrauen gen Süden, vielleicht, weil man nicht einsehen will, dass das Mittelmeer im Sterben liegt und schon lange nicht mehr die Bedeutung eines Mittel-Meers hat. Das stolze Genua trägt schwer an seiner neuen Randlage.

(Januar 1996)

Schiffbruch in uns

I

Der Mann lehnte an der Brüstung der Rialtobrücke und hörte seiner Frau zu, die ihm aus dem Reiseführer vorlas. Plötzlich – vielleicht um ihr zu zeigen, dass er noch aufmerksam folgte – deutete er mit dem Finger auf einen der Palazzi, den sie soeben erwähnt hatte.

Die Handbewegung brachte den Reisenden auf den Gedanken, dass es sich um eins dieser Ehepaare handelte, die ihr Leben gemeinsam verbracht, sich geliebt und dann ertragen hatten und die auf einmal, aus irgendeinem Grund, oder einfach weil so viel Zeit verstrichen war, ihre Liebe wieder gefunden haben.

Er hatte es aus dem Tonfall herausgehört, wie sie zu ihm sagte, dass es in Venedig – nach dem Baedeker von 1929 – dreihundertachtundsiebzig Brücken gebe. »Einhundertsiebzehn Inseln, die über dreihundertachtundsiebzig Brücken verbunden sind«, las sie, hob den Blick und schaute auf die zitternde Oberfläche des Canal Grande, »die schönste Straße der Welt«, wie Philippe de Commynes befunden hatte, was Millionen von Besuchern und Touristen in den folgenden fünfhundert Jahren mehr oder weniger wörtlich wiederholen sollten.

Danach las die Frau in dem Führer, dass das Fundament der Kirche Santa Maria della Salute aus einer Million Pfählen bestehe, Präsentierteller für eine der schönsten Zuckerbäckertorten der Welt. Sie ist marmorweiß, so wie es Palladios Vorstellung von Kirchen entsprach, denn Weiß steht für die Reinheit. Wenige Meter von San

Marco entfernt hat Palladio seine Idealvorstellung in der Kirche San Giorgio Maggiore verwirklicht, mit ihrer antikisierenden Tempelfront, von der zahlreiche Architekturstudien handeln.

Als die Frau das Wort »Reinheit« aussprach (sie sprach Französisch), meinte der Reisende zu bemerken, dass dem Mann die Stadt vollkommen gleichgültig war und dass für ihn nur der Klang, der Tonfall, die Wärme ihrer Stimme zählten. Sie waren eins dieser Paare, die sich jahrelang gezankt haben, weil er nichts von einem Schöngeist besitzt, wo sie doch so eine empfindsame Seele ist und ein anderes Leben hätte leben können, wenn sie nur die Möglichkeit und die Mittel gehabt hätte; eins dieser Paare, bei denen der Mann – eine plumpe Erscheinung – sich in seiner Haut nicht recht wohl zu fühlen scheint, weil die Frau es ist, die die Kleidung aussucht, und die sucht sie für einen anderen aus: für den Mann ihrer Träume.

Es war kalt und bewölkt. Die Stadt duckte sich unter dem grauen Himmel und besaß nichts mehr von ihrer Erhabenheit. Sie war nun zugänglich für die Rentnerpaare, die in der Stadt unterwegs waren, schweigend oder sich Jahreszahlen und Zitate berühmter Schriftsteller aus Reiseführern vorlesend, mit einem Eifer, als drängten sie in einem überfüllten Nahverkehrszug zum geöffneten Fenster, um ein wenig frische Luft zu erhaschen. Dickens, James, Ruskin, Proust, Capote, Mann. Die Namen, die da von den Lippen der Touristen geformt wurden – Namen von Autoren, deren Bücher sie wahrscheinlich nicht kannten –, hallten durch Venedigs Straßen, kräuselten für einen Augenblick ihren Wasserasphalt und verflüchtigten sich, ehe sie auf anderen Lippen, auf den Seiten anderer Reiseführer wieder erstanden.

Venedig. Dickens brach beim Anblick der Stadt in Tränen aus. Capote fand sie unverdaulich wie eine Schachtel Bonbons, die man auf einen Rutsch verschlingt. Für Longfellow war sie der weiße Schwan unter den Städten, für Proust die Erinnerung an einen Traum. Und Thomas Mann machte sie zum Inbegriff des Todes. Wie Dickens gesagt hat. Wie Capote gesagt hat. Wie Thomas Mann gesagt hat.

Es waren Namen, die den Touristen gewiss schon lange im Kopf herumgingen, auch wenn sie nicht eine Zeile von ihnen gelesen hatten. Manche mögen ihre Sentenzen schon Jahre zuvor in irgendwelchen Führern gelesen haben, seit der Wunsch in ihnen erwachte, einmal im Leben Venedig zu sehen, weil irgendwer gesagt hatte, dass sich mit dieser Stadt alles Schöne messen müsse, was der Mensch jemals geschaffen hat. Ein Urmeter der Schönheit.

II

Niemand kommt zufällig nach Venedig. Wer an der Piazzale Roma ankommt, sein Auto auf dem großen Parkplatz abstellt, in ein Vaporetto steigt oder die Dummheit begeht, eine Gondel zu nehmen, um vom Wasser aus nach dem Hotel Ausschau zu halten und sich zu fragen, ob es, wie vom Reisebüro versprochen, auch Zimmer mit Blick auf den Kanal hat, dann versonnen den Möwen nachsieht oder mit dem Finger auf die Fassade eines weiteren gotischen Palasts zeigt, der weiß genau, was er tut. Seit Monaten – wenn nicht seit Jahren – schärft er seine Sinne für die Schönheit, die ihn überwältigen wird, und er weiß, solange er in der Stadt des Wassers und des filigranen Steins ist, solange wird dies sein ganzes Bestreben sein: sich von der Schönheit hinreißen zu lassen und jeden Moment, an jeder Ecke, vor jeder bröckelnden Mauer oder in der geheimnisvollen Dämmerstunde ein »o wie schön!« auszustoßen, wofür jede Sprache, die der Mensch ersonnen hat, eine Entsprechung kennt. »Und so ist jeder Gang durch Venedig, sei es auch nur, um jemanden zu besuchen oder einzukaufen, dreimal reizvoller als anderswo und ohnegleichen.« (Proust)

Nach Venedig kommt man, um zu finden, was man im Innersten zu sein glaubt. Wenn jemand auf die Pferde von San Marco zeigt oder auf die grauen Arkaden der Piazza, dann heißt es, diese Geste in umgekehrter Richtung zu lesen: Er deutet auf die Landschaft in seinem Herzen, die bislang niemand zu erkennen vermochte. Venedig ist die heimliche Stadt in unserem Innern, von der irgendwer ein Modell in die adriatische Lagune gestellt hat. Wenn jemand auf der Rialtobrücke das Wort Reinheit auf Französisch ausspricht, dann öffnet er ein Fenster zu sich selbst, und wenn er einen Schauer verspürt, weil die *acqua alta* über den Mosaikboden der Kathedrale spült und gegen die alten Portale der Palazzi schlägt, dann erschrickt er, weil er selbst Schiffbruch erleidet in den kalten Wassern, die er in sich trägt.

Chateaubriand sagte von Venedig, es sei »eine widernatürliche Stadt«, womit er sich gegen eine Geografie wandte, in der man »für jeden Schritt ein Boot nehmen muss«. Byron und Shelley waren von ihrem fragilen Gleichgewicht fasziniert. Wobei Venedig damals noch längst nicht dieser große Supermarkt der Gefühle war, vielmehr eine elegante Boutique der Empfindungen, was sie auch für die jungen spanischen Dichter der siebziger Jahre noch war, etliche Jahre, nachdem Paul Morand, der ganz gewiss schon ahnte, wie die Welt sich entwickeln würde, seinen frivolen Gedanken aussprach, dass Venedigs eigentliche und schönste Bestimmung die sei, zu versinken.

III

Ende November letzten Jahres kam der Reisende noch einmal nach Venedig und konnte bei der Gelegenheit das ganze Treibholz des Herbstes bestaunen: Rentner aus den Raffinerien in Rotterdam, den Kneipen in Hamburg, den Automobilwerken in Paris oder den Textilfabriken in Barcelona, die über die verlassenen Pflaster der melancholischen, der *acqua alta* preisgegebenen Stadt stapften. Alle diese Menschen, auch der Reisende, folgten den Adern ihrer verborgensten Gefühle, immer an den Kanälen entlang, und fanden am Ende ihres Weges, wenn sie schon glaubten, an den Klippen des Lebens zu zerbrechen (»am Alltag zerschellt ist die Liebe«, hätte der verzweifelte Bolschewik gesagt), einen Abglanz ihrer selbst in den Gemälden von Tizian, Veronese, Tintoretto, im zittrigen Glanz des Mondlichts auf dem Wasser. Sie fanden Trost.

Immer wieder regnete es, und die Stadt, das Leben, alles zerfloss und wurde eins mit dem Wasser. Wenn das Ehepaar, das den Reiseführern so zugetan war, früh aufstand an diesen schon winterlichen, kurzen Tagen, dann konnte es das Wunder des leeren Markusplatzes erleben – nur sie beide, allein mit dem Gestein und der *acqua alta* –, oder sie streiften am Abend durch die feuchten und verlassenen Gassen, bis in der Stille, durchbrochen nur vom Schlagen des Wassers gegen den Stein, sie ein schauriges Gefühl überkam. Und es war, als zeigte die Schönheit – in diesen kurzen Monaten der Nebensaison – drohend ihre Zähne, als tauchten zwischen den pechschwarzen Schatten der Kanäle das nächtliche Strandgut einer Münchner Bushaltestelle auf oder als dränge aus dem Dunkel das Grollen der Pariser Metro, die in einer Winternacht in einen tristen Bahnhof einfährt. Denn auch die Schönheit hat ihre dunkle Seite, von der kein Reiseführer spricht und die unserem eigenen Wohnzimmer gefährlich ähnelt.

(November 1990)

Archäologie des Rauchs

I

Das Meer lag dort, zu meinen Füßen, verborgen in der Nacht und durch die hohen Häuser, in deren Fenstern hie und da noch Licht brannte. Kein Wellenrauschen drang herauf zum Hotelzimmer, nicht nur, weil es vom Balkon aus viele Meter bis hinab zum Wasser waren, sondern weil eine tiefe Ruhe die wogenden Massen bändigte, eine Ruhe unter schwerem Wolkenhimmel. Was allerdings heraufdrang, war ein Geruch von salziger Feuchtigkeit, ein Geruch von Algen, mehr nach Fischmarkt als nach Strand, ein fast menschlicher Duft, oder zumindest der von Lebewesen.

So viele Reiseführer ich auch gelesen hatte, Alexandria hatte mich überrascht. Es war ganz anders. Ich wusste natürlich, dass die Fachleute noch immer nach dem genauen Ort der alten Bibliothek suchen, dem Museion, das allen späteren Museen ihren Namen gab; dass man mit den Steinen von Tempeln und Palästen die Straßen gepflastert, Molen errichtet, andere Häuser gebaut hatte und dass dort, wo einmal der Leuchtturm von Pharos aufragte, heute ein von den Türken erbautes Fort namens Kaitbai steht. Ich wusste all das, was die Reiseführer berichten, und war dennoch überrascht, als ich das Wasser des Mareotis-Sees sah, dessen Name Bilder heraufbeschwor von einem alten und geschäftigen Hafen, wo die vom Nil herbeigeschafften Reichtümer gelöscht wurden, ein Wasser, das jetzt, hinter der Stadt, nur noch eine trostlose, brackige Pfütze war. Auf der anderen Seite Alexandrias, zum Meer hin, war das Ufer ein schmaler

Streifen Sand zwischen dem Wasser und der Küstenstraße, an der sich eine endlose Mauer moderner Häuser entlangzieht, deren Putz schon abbröckelt oder die noch nicht fertig gestellt sind und es wahrscheinlich auch niemals werden. Die Silhouette der Küste ist ein ununterscheidbares Ganzes aus dem, was gebaut und was zerstört wird, was noch im Bau ist und schon zu verfallen droht.

Am Nachmittag des ersten Tages war ich durch Abukir spaziert, einen Stadtteil, der angeblich von großem touristischem Reiz ist, tatsächlich aber eher einer Landschaft glich, in der man sich gerade eine wilde Schlacht geliefert hatte. Es war eine Trümmerkulisse aus Ziegelsteinen und Balken, eine einzige Staubwolke, die sich plötzlich wie ein Vorhang hob und den Blick auf die Beschaulichkeit eines blauweißen Gartenlokals freigab. Die Meeresfrüchte, die dort auslagen, gaben ein wunderbares Stillleben ab, und im bunten Farbenspiel der untergehenden Sonne flutete das ganze Licht der See in diese einfache Gaststätte. Eine jodhaltige Brise hüllte die mit Wachstüchern gedeckten Tische ein und weitete die Lungen. Bis zu den Gästen spritzte die Gischt der Wellen, die gegen ein paar Klippen schlugen, welche immer kupferner glänzten, je weiter der Tag sich neigte. Am Fuß der Terrasse jagten Kinder zwischen den Steinen Krebsen hinterher, und Angler warfen ihre Leinen aus und blickten reglos aufs Meer.

Aufs Meer schauend gewann ich für mich das Wort Alexandria zurück – den Glanz eines Namens –, und es kam mir vor wie ein gedankliches, auf den mediterranen Konstanten Licht, Luft und Wasser errichtetes Gebäude, ein zartes Gebäude der Fantasie, dem wenige Andeutungen genügten, um bildhaft zu erstehen. Die Pompejussäule, die alten Grabanlagen, die Statuen mit ihren zerbrochenen Gliedmaßen und leeren Blicken in den Hallen des Museums griechisch-römischer Altertümer, sie sind der bescheidene zweite Pfeiler des Reisenden, auf dem er dieses besondere Gebäude der Erinnerung weiter errichten kann, das eine historische Abfolge und eine geografische Verdichtung ist, beides begraben unter dem Asphalt der neuen Boulevards und den billig gebauten Wohnungen; beides fortlebend im Asphalt und in den Wohnhäusern, die eine weitere Schicht bilden über all den Trümmern.

Von dem alten Eunostos, dem »Hafen der guten Einkehr« der homerischen Literatur, ist der ägyptischen Stadt der Geruch von Teer und frisch gesägtem Holz aus dem Viertel Baharija geblieben; geblieben sind die Hammerschläge der Kalfaterer im heute so genannten Westhafen und auch das emsige Treiben der Seeleute im Osthafen; der jahrtausendealte Geruch von Pferdemist auf der Uferpromenade und die Gäule vor den Karren, die das Eis zu den vertäuten Booten transportieren, bevor sie mit dem frisch gefangenen Fisch in die Innenstadt zurückkehren; das Schillern der Schuppen unter der blendenden Sonne Afrikas, die Stimmen und Handgriffe der Fischer, die sich wie in einem Spiel der Echos und Spiegelungen in jedem Winkel des Mittelmeers wiederholen: in Denia, Marseille, Rhodos, Piräus, Al-Hoceïma, Djerba, Istanbul, Alexandria.

Von Alexander dem Großen, der der Stadt ihren Namen gab, von Antonius und Kleopatra, von ihren Schiffen mit wohlriechenden Hölzern und prachtvollen Tüchern, von Cäsar, dem Serapeion, dem Museum, der Bibliothek und dem Leuchtturm, von den neuplatonischen Disputationen, welche die Gemüter der Gelehrten erhitzten – von alldem bleiben nur wenige Wörter in den Büchern und auf ein paar namenlosen, im Damm versenkten Steinen, deren Konturen das Wogen des Meers ausgelöscht hat. So gut wie nichts.

II

Überdauert hat der Islam, der sie El-Iskandarija nennt. Mohammeds Stimme erklingt seit Jahrhunderten in der Stadt der griechischen, britischen und italienischen Kaufleute, wo so viele Sprachen gesprochen werden, erklingt über das unsichtbare Netz der Muezzins, die mit ihrem eindringlichen, heiligen Korangesang die Luft erfüllen. Zwischen den hohen Kronen der Palmen ragen die Minarette der Abu-el-Abbas-el-Mursi-Moschee und der El-Bosiri-Moschee auf. Und in dem türkischen Fort – wo vermutlich einmal der Leuchtturm stand, früher eine Insel und heute eine Halbinsel – gab es ein Minarett, das unter der Bombardierung von 1882 zusammenschmolz »wie Eis in der Sonne«. Auch die neuen Häuser entlang der Küstenstraße und am Strand scheinen mit ihrem abspringenden Mauerputz kurz davor, in der Sonne Afrikas dahinzuschmelzen und selbst zu Staub zu werden.

III

Schon mehrmals ist Alexandria gestorben und wie ein Phönix aus der Asche neu erstanden. Jahrhundertelang empfing die Stadt in ihren Häfen die Reichtümer von jenseits des Meeres, ebenso jene, die von den Karawanen aus dem geheimnisvollen Arabien herbeigetragen wurden oder die auf dem Rücken des Nils aus dem Herzen Afrikas kamen. Alexandria hatte zwei Ufer: vorn das Mittelmeer, wo die großen Schiffe kamen und gingen, und hinten den Mareotis-See mit seinem quirligen Nilhafen. Die Stadt duftete nach Spezereien, nach exotischen Früchten, und sie hatte die Farbe der reifen Granatäpfel in den Oasen.

Ihren vorletzten Tod fand die Stadt vor etwas mehr als einem Jahrhundert, als der Suezkanal eingeweiht wurde und die Handelswege aus dem Süden Asiens nicht mehr notgedrungen ein Stück über Land führten. Port Said verdrängte Alexandria als Zwischenhafen für Passagiere und Waren, und die Stadt erstarrte wie einst Triest, Venedig oder Ragusa, mit all ihren Ruinen und Palästen, ihren eleganten Villen am Meer, mit ihrem Gemisch der Völker und Sprachen, das zu einem Zeichen gefestigter Identität geworden war. Griechen, Muslime, Kopten, Italiener, Franzosen, Deutsche oder Briten: Flüchtlinge, denen der Rückweg versperrt war. Alexandria lag da wie sein eigenes Museum, und eine hypothetische neue Auferstehung würde es genauso zerstören wie frühere Heimsuchungen das ursprüngliche Museum, den Leuchtturm und die Bibliothek. Fast nichts ist geblieben von dieser Stadt, die Napoleons Flotte in Flammen stehen sah, noch von der, die hundert Jahre später elegant aufs Meer blickte.

Der Montasah-Palast mit seinen Gärten – ehemals Sommerresidenz König Faruks –, die Trümmer irgendeiner modernistischen Villa zwischen den schartigen Wohnblöcken am Strand, die Häuser an der Straße des 26. Juli am Osthafen mit ihren satten Farben, ihren Fassaden in Gelb oder wie trocken Blut, ihren stilisierten Gesimsen und Art-déco-Reliefs, sie sind die verstaubten Überreste einer Stadt, in der Edward Morgan Forster jeden Nachmittag ungeduldig auf die Straßenbahn wartete, die sein Geliebter lenkte, in der Durrell sein *Quartett* ersann, das wie ein Komet, leuchtend und verglühend, durch unsere Jugend zog, denn in ein und demselben Stoff umfasste es das Kosmopolitische, das Schöne, das Schäbige und das Unsagbare; jener Stadt, in deren Bordellen Kavafis sein Genie dem Gewicht von Jünglingskörpern unterwarf.

Noch bleiben Bruchstücke jener Stadt in den Straßen am Saad Saglul, in der Scharia Salah Salem oder der El-Hurrija, dort, wo Alexandria sich in diesem städtischen Fin-de-siècle-Stil präsentiert, den man auch in manchen Vierteln von Barcelona, Valencia oder Neapel findet, mit ockerbraunen Häusern und Fassaden von betonter Eleganz, zernagt vom Salz des Meers, der Nachlässigkeit und der Zeit; mit Cafés, deren Tische sich auf den Bürgersteigen ausbreiten, mit reglosen Nargileh-Rauchern wie klassischen Statuen, die nirgendwohin schauen.

IV

Reiterstandbilder, Basare, Märkte und Geschäfte. Griechische Feinbäckereien, »historische« Cafés und Hotels mit entsprechenden Namen – Cecil, Trianon –, wo die Erinnerung an Durrell und Kavafis ihre Hand ausstreckt, um den Stab weiterzureichen an Nagib Machfus, den neuen Erbauer einer Stadt der Träume und Erinnerungen, die gewiss schmutzig ist, die wirkliche jedoch ein weiteres Mal verdrängt und verwischt.

Kavafis' Freunde waren der Ansicht, Alexandria entbehre jeden Reizes und biete als einzige Attraktion seine Strände und französischen Restaurants. 1941, dreiundzwanzig Jahre, nachdem Forster seinen Alexandria-Führer geschrieben hatte, kam Durrell und versicherte, er habe im Vergleich zu dessen Bestandsaufnahme keine einzige Veränderung in der Stadt bemerkt. Kavafis war bereits acht Jahre vorher im griechischen Hospital gestorben.

Der Reisende fragt sich, wann das letzte Erdbeben war, das beinahe alles Bleibende der Stadt auf das Schauspiel der täglichen Rituale reduziert hat: die Menschentrauben, die auf den Bus warten, die Fischer, die gleich dort, am steinigen Strand, vor den Palmen der Uferpromenade und den Art-déco-Häusern, ihre Netze auswerfen, die Kinder, die in einem fauligen Meer nackt baden, den Kellner, der mit einer Zange das Stück Kohle nimmt, mit dem der Reisende dann den Tabak seiner Wasserpfeife verbrennt.

Wollte ein Archäologe heute nach den Überresten jener Stadt Alexandria suchen, die Forster in seinem Führer beschrieb und Durrell noch unversehrt vorfand, müsste er sich bei seinen Ausgrabungen der Lethargie zuwenden, die die Gäste an den Cafétischen befällt, dem dichten Rauch der Fische und der Kofta, die auf den Straßengrills rösten, dem betäubenden Duft von Gewürzen und welken Blumen in der Umgebung des Palastes Ras el-Tin, dem jahrtausendealten Geruch des Teers, der sich mit dem von Mist und Urin vermischt.

Schwerelose Materie, die indes dem Gang der Zeit und allem Wandel widersteht, die der geheimen Tektonik dieser Stadt ihren Halt gibt, einer Stadt, die uns gewiss eines lehren kann, nämlich dass an den Ufern des Mittelmeers die Trümmer Teil alles Überdauernden sind: es bleiben die Geräusche der Dominosteine, die im Hafenviertel auf die Marmorplatte eines Cafétischs schlagen, die Mienen der Spieler, die unter den Lichtern in einem Glanz von expressionistischer Schönheit erstrahlen.

(Mai 1994)

Die Früchte des Vergessens

Für Antonio de Benito

I

Natürlich weiß man, dass Bilder nicht nur aus bunten Klecksen bestehen, sondern ebenso aus einem plötzlich auftretenden, von Erinnerungen erfüllten Geruch, dem anhaltenden Pochen des Herzens, das fast schon nicht mehr zu spüren war und das nun wieder die Hauptrolle für sich beansprucht, wenn man mit dem Wagen durch die trostlose Weite der tunesischen Küste zwischen Sfax und Gabès fährt, durch die Sumpflandschaften, die Orte, wo Erde und Meer ineinander übergehen und die so aussehen, wie der Mittelmeerraum früher einmal, vor Jahrhunderten, an vielen Stellen ausgesehen haben muss. Manche Anblicke, ein weißer Fleck oder ein bis unters Dach mit Mohrrüben beladener Lieferwagen, die Farbe des Meers über den Spitzen des Federgrases oder rings um das Gras herum, sie weckten im Reisenden Erinnerungen.

Er hatte am Fischereihafen von Chebba Halt gemacht, wo er dem Ritual des Netzeflickens zuschaute, dieser umständlichen Zeremonie, welche die Fischer von Algeciras bis Istanbul Tag für Tag ausführen, Fischer, die dasselbe genetische Gedächtnis haben, dieselbe Hautfarbe, dieselbe Art, von der Mole aus zum Horizont zu schauen, wenn der Abend ins Meer sinkt. Und weit weg von den weißen Hotels von Monastir, dem Club Méditerranée, der ebenso weißen wie schönen Medina, weit weg von den kargen Zacken aus orangefarbenem Stein, neigte sich der Tag nun still über der menschenleeren Küste, die endlos schien und deren gleichförmiges Muster sich nur in der Umgebung von Gabès etwas auflockerte, wo die Oasen der Sahara bis ans Meer reichen.

Bei meiner Ankunft in Gabès flirrte die Luft von unendlich winzigen Staubkörnchen, die in der Abenddämmerung mal pfirsichfarben schimmerten, mal wie ein Regen zerriebener Rosenblätter niedergingen. In den zahllosen Verkaufsständen an der Landstraße hatte man das Licht angemacht, und die Datteln funkelten wie Bernstein, die riesigen Granatäpfel muteten in ihrer zarten Schönheit mehr wie Blüten denn wie Früchte an, eingeschlossen in diese leuchtenden, aus trockenen Palmwedeln zusammengesteckten Buden und umgeben von der wimmelnden Menschenmenge, von Stimmen, vom Klingeln der Fahrräder.

Es roch nach verfaulten Pflanzen, die längst zu Staub, zu Menschenschweiß, zu Tierkot geworden waren. Ein ferner Duft, den ich, und jetzt erinnerte ich mich, früher schon einmal gerochen hatte, an einem anderen Ort, in einem anderen Leben, in einem anderen Kreislauf von Pflanzen, die emporgewachsen und dann zu Staub zerfallen waren. Gabès war wie ein altes Familienfoto, auf dem sich ein Kind mit riesigen dunklen Augen umdreht und den Reisenden anblickt. Es war das Kind, das er in sich trug. Das Auto fuhr weiter der untergehenden Sonne entgegen, während die Nacht hereinbrach und die Küste verschluckte. Es war eine Nacht, die nur von den hoch am Himmel funkelnden Sternen erhellt wurde, von den flüchtig aufscheinenden Lichtern über dem Markt von Médenine.

Ich übernachtete in der Nähe von Zarzis, in einer Siedlung, wo Grünflächen und nummerierte, weiß getünchte Bungalows in einer Reihe nebeneinander standen, dass es mir wie ein riesiger Friedhof vorkam, zumal das nahe Meer den süßlichen Geruch fauliger Algen verströmte, einen Duft, der in El-Kantara, am Straßendamm zwischen

Festland und der Insel Djerba, immer heftiger wurde: schon wieder ein alter Geruch, den ich in mir trug, seit er am Strand von Denia von mir Besitz ergriffen hatte, und der aus dieser reglosen Fläche aufstieg, die sich unermesslich weit und gleißend zu beiden Seiten des Damms wie ein Albtraum ausbreitete. Gespenstisch glitten ein paar schläfrige Boote über das Wasser, und die Menschen an Deck bewegten sich in Zeitlupe unter der sengenden Sonne.

II

Wasservögel und schimmernde, sanft geschwungene Sandflächen von der Farbe einer reifen Frucht, endlose Palmenwälder, bestellte Felder, Hotels und Häuser im Rohbau; und zwischen den Palmen Haufen von Schutt: traurige Wahrzeichen eines Fortschritts, der das Land seit Jahrzehnten wie ein eigensinniger Liebhaber antreibt. Der Name und die Landschaft Djerbas riefen mir ein paar Seiten aus den Büchern der Geschichte in Erinnerung, so als hätte der Herbststurm, der an diesem Tag blies, sie einer fernen Bibliothek entrissen und übers Meer herangeweht.

Homer beheimatete die Lotophagen, wie es heißt, auf dieser Insel, wo Odysseus' Gefährten von den Früchten des Vergessens aßen, obwohl die eigentlichen Gäste an der Tafel des Vergessens noch zwei lange Jahrtausende auf sich warten ließen: diese Herden unmäßiger Deutscher und hochnäsiger Franzosen, die sich, der Schönheit den Rücken zugekehrt, dort in den Sand legen und, um nichts zu sehen, ihre Augen in der Mittagssonne verbrennen, Anbeter der sengenden Glut des Nichts.

Bei aller Blindheit der Heliophagen, die sich an der Sonnenfackel die Augen verbrennen, lebt in Djerba, wie an so vielen anderen Orten dieser Küste, die Erinnerung fort in der bis zum letzten Handgriff eingeübten Arbeit der Seeleute, in der bescheidenen Epopöe der Schwammtaucher, in der weisen, jahrtausendealten Form der Boote, in der perfekten Technik, mit der die Felder bewässert werden inmitten der Palmenhaine, in den weißen Kuppeln der Marabuts, die sich von dem changierenden Blau des Meeres abheben, das mal indigoblau, mal smaragdgrün leuchtet. Und ebenso lebt die Erinnerung dieses Meeres fort in den Worten all jener, die so betört von ihm waren, dass sie die Erregung ihrer zarten Nervenenden in Worte gegossen haben: Homer, Camus, Valéry, Joanot Martorell, Brassens, Josep Pla; oder in der Fertigkeit, mit welcher der Koch in einem Restaurant in Djerba, von wo aus man auf die blaue, endlose Fläche des Meeres sah, dem Reisenden einen Wolfsbarsch grillte.

Djerba rief mir vor allem Braudels wunderbares Buch in Erinnerung, das er über dieses Meer geschrieben hatte und das in frühen Jugendjahren meine liebste Lektüre gewesen war. Ich dachte gerührt daran zurück, als ich auf der Fähre stand und sah, wie die Männer an Deck der nahen Fischerboote ihrer Arbeit nachgingen, wie die prachtvollen Palmenhaine der Insel in die Ferne rückten und die blanken, von den scharfen Klingen des Winds und des Meers zerklüfteten Klippen an der Küste des Festlands näher kamen. Ich las dieses Buch in den Runzeln der Hände dieser Fischer, in den Knoten und Mustern ihrer Netze, in dem Licht, dem Geruch vertrockneter Algen, der von der Küste herbeiwehte, je näher die Fähre der Anlegestelle kam. Ich las das Buch in mir selbst. Und die Erinnerung an dieses Buch war es, die mir erlaubte, die Dinge so und nicht anders zu betrachten.

(Oktober 1992)

Das Maß der Dinge

Für Josep Hilari

I

An jenem Nachmittag im Februar war die Luft ganz mild, und das Licht hatte etwas vom goldenen Schmelz des Honigs. Im Hafen von Denia trafen die Schiffe ein und strahlten dabei eine Ruhe aus, die nur dazu angetan war, das Tuckern der Motoren und das Kreischen der Möwen zu untermalen, die wie taumelnde Wolken über den Kuttern schwebten.

Ich hatte mich in einem klebrigen Spinnennetz verfangen, derweil die Seeleute sich daran machten, am Kai die Kisten aufzutürmen, in denen die bescheidene Ausbeute des Tages lag: leuchtend rote Garnelen, bleiche Heuschreckenkrebse, die deutliche Lebenszeichen gaben und sich zuckend um sich selbst wanden, zarte Flundern, die ihr schneeweißes Fleisch unter einer kaum ausreichenden Schutzhaut verbargen, stattliche Wolfsbarsche in ihrem silbrigen Schuppenkleid, Krebse, Steinbutte, glitzernde Sardinen und Sardellen.

Alles wirkte eingehüllt in das Cellophan des Lichts – das immer durchscheinender, gleichzeitig intensiver und zerbrechlicher wurde – und in die Rufe der Männer, die in grellfarbenem Ölzeug steckten und sich in einer klangvollen, alten Sprache unterhielten, deren Worte den Zauber fortspannen und diese Etappe meiner Reise mehr zu einer Durchquerung der Zeit denn der Landschaft machten, so als hätte ich mich nicht an einen Ort, sondern an irgendeinen fernen und leuchtenden Moment der Zeit begeben.

Ich trug dieses verstörende Gefühl mehrere Tage mit

mir herum, während ich zwischen den Gebäuden, die die Menschen in meiner Abwesenheit errichtet hatten, auf Ruinen der Erinnerung stieß, Formen und Farben wiederzufinden suchte oder Gerüche, Geschmäcker und Landschaften, die ich vor vierzig Jahren das erste Mal gesehen hatte und die jetzt ein irritierendes Versteckspiel mit mir trieben: Aus einem bestimmten Blickwinkel, in einem Lichtfleck schienen sie sich mir darzubieten und waren im nächsten Moment wieder verschwunden, verbargen sich hinter einer Betonfassade oder unter einer Asphaltdecke, bis in einer Straßenbiegung das Meer flüchtig zwischen den Pinien auftauchte und sich meine Erinnerung an die Landschaft kurzfristig zu sammeln schien, ehe das Verwirrspiel von neuem begann.

Ich fuhr durch die Marina Alta, die Ostspitze der iberischen Halbinsel, jene Stupsnase, die ins Blau der Spanienkarten taucht, im Norden an die Sumpfgebiete um die Stadt Pego und den Fluss Racons de Molinell sowie an die veränderlichen Sandstrände von Les Marines grenzt und die sich nach Süden hin plötzlich zu den imposanten Klippen der Kaps Sant Antoni, Sant Marti und La Nau erhebt, zu der Landzunge von Moraira und dem gewaltigen Bergkegel des Penyal d'Ifac, wo sie abgeriegelt von den Felskolossen des Mascarat endet.

Dem Betrachter bietet sich eine aufgewühlte Natur, in der die Berge über das Meer hereinbrechen und nur für kleine Schwemmlandbecken oder steinige Buchten mit kristallklarem Wasser zur Seite rücken, eine Gegend, die hastig alle landschaftlichen Formationen zu versammeln scheint – Steilküsten, Plantagen, Sümpfe, Strände, Hügel, Bergspitzen –, einer Skizze vergleichbar, auf der Grobschlächtiges durch filigranere Züge gemildert, humanisiert wird: Die Felsgipfel erheben sich über der gebändigten Harmonie der Terrassen; an den steil aufragenden Klippen sind noch die von den Fischern benutzten Strickleitern zu sehen; und immer bricht sich die Eintönigkeit des Meeresspiegels in der Silhouette irgendeines Schiffes.

Und ein weiteres Mal fand ich die faszinierende Januskköpfigkeit der Gegend bestätigt, als ich die gewundenen Straßen nach Laguart, Ebo oder Gallineta hinauffuhr: Inmitten der Ödnis dieser kargen Landschaft, die durch Nachlässigkeit, absichtlich herbeigeführte Brände und Zersiedelung noch unwirtlicher geworden war, stieß ich unversehens auf eine sorgfältig gepflegte Bergterrasse mit Kirschbäumen, bewunderte die Schönheit eines wundersamerweise verschont gebliebenen Olivenbaums oder wurde überrascht von Mandelbäumen, die in jenen Tagen in Blüte standen und gegen die bläulichen Kalksteinfelsen abstachen.

Der Winter – blauer Himmel, saubere Luft, keine Touristen – half mir, die Landschaften zu rekonstruieren, die ich vor vielen Jahren unberührt kennen gelernt hatte. Die Höhen von Aitana – das letzte Stück Land, das die Emigranten im Blick behielten, die den Hafen von Alicante Richtung Oran verließen – zeigten Spuren von Schnee; vom Coll de Rates blickte man auf den sanft abfallenden Teppich der blühenden Mandelbäume; und in den Buchten von Granadella und Els Tests mit ihren kristallgrünen Wassern regierte die Einsamkeit.

II

Eines Nachmittags war es mir vergönnt, von Les Planes, oberhalb des Kaps Sant Antoni, in Richtung Levante die scharfen Umrisse von Eivissa zu betrachten, während sich nach Norden hin an diesen klaren Tagen die Silhouetten der Bergketten staffelten, die den Golf von Valencia umgürten und sich bis in weite Ferne fortsetzen, wodurch sich das Panorama ins Unendliche zu erstrecken schien wie ineinander verschachtelte Kulissenbilder. Unten in der Ebene, die sich jenseits der Burg von Denia ausdehnt, hingen die Bäume noch voller Orangen und Pampelmusen, und das Dunkelgrün der Obstplantagen füllte den Raum zwischen dem Meer und den schroffen Konturen des Gebirges von Segaria.

Als ich zum ersten Mal in diese Gegend kam, wurde in der ganzen Region Muskatellerwein angebaut. Zu meinen frühesten Erinnerungen gehört das durchs Fenster eines unbequemen Holzwaggons erhaschte Bild der sanft zum Strand hin abfallenden Weinberge, der Anblick der Frauen mit ihren großen Strohhüten, die sich durch die Weinstöcke bewegten. Nach und nach verschwanden die Weingärten, und auch das Bähnchen gibt es schon lange nicht mehr, aus dem man während der Fahrt aussteigen konnte, um sich als Wegzehrung ein Büschel Trauben abzuschneiden.

Ich erinnere mich noch an das Summen der Wespen über den Rohrmatten, auf denen die Trauben getrocknet wurden, bis sie sich in Rosinen verwandelt hatten, welche die Bewohner dieser Region über viele Jahre nach England exportierten. Der Duft der zum Trocknen ausgelegten Trauben und der Feigen begleitet mich bis heute. Die Häuser besaßen kleine Nebengebäude, manchmal nur einen Anbau, mit nach vorn offenen Torbögen, wo die Rosinen vor Feuchtigkeit und Regen geschützt wurden. Diese Konstruktionen nannte man *riu-rau*. Später wurden sie von der Tourismusindustrie aufgegriffen und bis zum Gehtnichtmehr verkitscht, wobei man ihr Äußeres kopierte und den Zweck, zu dem sie gebaut worden waren, unterschlug. Einige der ursprünglichen *riu-rau* kann man noch in Xàbia, in Benissa und in Gata bewundern.

Natürlich sehe ich noch heute, wenn ich die Augen schließe, Calpe in seiner ursprünglichen Gestalt vor mir. Calpe war eine Schönheit. Die mit Mandelbäumen bepflanzten Hügel, die Einsiedelei, der Kirchturm und darunter die weißen Häuschen, die einträchtig und dicht gedrängt einen Kontrapunkt zu der Felsenmole bildeten und sich gegen den Saum des Meeres abhoben. Und ich sehe auch noch El Arenal de Xàbia, seine verschwiegenen Dünen im Sonnenlicht; und den Strand von Les Marines – ein unförmig langer, veränderlicher Streifen Sand zwischen Feuchtgebieten und Meer; und ich kann mir den Hafen von Denia ins Gedächtnis rufen, mit seinen alten Fischerhäuschen, die sich in ungeordneter Folge über den Stützpfeilern ihrer Fundamente erhoben, die sie an Unwettertagen vor dem Ansturm der Brandung schützten. Die Kinoproduzenten hatten die Idee, diesen Hafen als Kulisse für ihre Filme zu benutzen. Sie suchten die Klarheit und Reinheit des Lichts, das durchscheinende Wasser des Hafens – mittlerweile eine ölige Brühe – und das Eigentümliche dieser Häuser, zwischen denen man Geschichten drehen konnte, die in Veracruz oder Port-au-Prince spielten. In meiner Kindheit verfolgte ich fasziniert die Dreharbeiten, die fast vor meiner Haustür Seeräubergeschichten in Szene setzten, wie ich sie in Büchern gelesen oder in anderen Filmen gesehen hatte und deren Wirklichkeit ich damals noch blind vertraute. Vor dreißig Jahren beschloss jemand, die Stirnseite des Hafens in eine Betonwand zu verwandeln, womit er ihn auf unverzeihliche Weise verschandelt hat.

III

Ich kehrte nun also an die Orte meiner Kindheit zurück, wo sich vor vielen Jahren mein persönliches Urmeter herausgebildet hatte, mit dem sich Größe wie auch Qualität der Dinge ermessen ließen. Vielleicht kam es mir darum so vor, als besäße das kristallklare Licht jener Wintertage genau die richtige Intensität. Damals, in ferner Zeit, hatte sich mir die Größe der Oliven- und Orangenbäume, der Weingärten, der Mandel- und Johannisbrotbäume, die hie und da von einem Pinien- und Eukalyptuswäldchen abgelöst wurden, über das der elegante Pfeil einer Araukarie und das Dach eines alten Gehöfts hinausragten, als das exakte Maß der menschlichen Sphäre dargestellt; und der gemächliche und zugleich geschäftige Lebensrhythmus der Menschen dieser Region war einer, den es einzuhalten galt, wollte man sich in einen kleinen, gesunden und langlebigen Gott verwandeln.

Später mochte ich mich jahrelang nicht damit abfinden, dass mir dieser ureigene Maßstab abhanden gekommen sein könnte, und hielt mich an ihn, wenn ich den Bäumen im Urwald von Java oder im Tal von Orizaba eine monströse Größe bescheinigte, das Licht der Tropen blendend, die baltischen Nebel trübselig und den Rhythmus, nach dem sich das Leben in den Großstädten abspielt, frenetisch nannte. Das Fehlen der hier erlernten maßvollen Geschäftigkeit bezeichnete ich als Trägheit. Mir kam die Landwirtschaft auf der kastilischen Hochebene armselig vor und das andere Extrem verdächtig, die Fruchtbarkeit der Felder von Kanton, auf denen das Gemüse in Windeseile und von jahreszeitlichen Rücksichten unberührt gedeiht. Die Wasser Kantabriens waren düster und kalt, die von Veracruz brühwarm und flau.

Jetzt, bei dieser Rückkehr, war für mich der Moment gekommen, meinen Maßstab mit dem ursprünglichen Modell zu vergleichen, und ich musste feststellen, dass sich beide mittlerweile in eigenständige Richtlinien verwandelt und über all die Jahre parallel und ungleichartig entwickelt hatten: Womöglich war das System, das ich zu besitzen glaubte, untauglich geworden, hatte sich die Messlatte, an der ich mich orientierte, verschoben; aber natürlich bestand kein Zweifel, dass auch der Raum, der mich messen und wägen gelehrt hatte und den ich jetzt erneut durchlief, nicht mehr dieselbe Größe und Anmut besaß wie einst.

IV

In jenen milden Wintertagen empfand ich die Welt, die mir für eine bestimmte Zeit das Fleckchen Sicherheit tausendjähriger Götter als Erbe überlassen hatte, als sehr zerbrechlich: die verwaisten, der Ankunft der Baukräne harrenden Terrassen, die durch die Zersiedelung dezimierten Pinienwälder, die kahlen, vom Feuer ausgeglühten Berghänge, die anmutigen alten Häuser, an deren Stelle hässliche und durch die nackten Zweige der Platanen schamlos den Blicken preisgegebene Bauten getreten waren, oder die zwischen den Appartementanlagen in Käfige gepferchten Lagunenflamingos, die Maschinen, die malerische Wege in Straßen oder einen hübschen, melancholischen Hafen in einen Containerumschlagplatz verwandelten, die eintönigen Wohnwaben, die die Berghänge sprenkelten und von oberhalb der Buchten das Meer überwachten, die zerfallenen Landhäuser.

Es war, als hätte ein ruchloser, zerstörerischer Zauberer den Plan gefasst, Hässlichkeit über eine Region zu bringen, die für mich und viele andere Menschen durchaus ein Urbild der Harmonie hatte abgeben können, und würde, nachdem er alles in seine Gewalt gebracht hätte, die Landschaft wie ein Chagrinleder schrumpfen lassen, jeden Tag ein wenig mehr, nach der gleichen Zauberformel, mit der er den freien Willen der Menschen schwächte und sie in Zeugen, wenn nicht gar Komplizen, seines Tuns verwandelte.

Die Macht dieses Zauberers flog über das Wasser und erlangte das Ausmaß einer Epidemie, die die Bewohner des Mittelmeerraums befallen haben musste; eine plötzliche Abkehr von der ihnen eigenen Verständigkeit und Gemessenheit war das augenfälligste Anzeichen dieser Krankheit.

Bemerkt hatte ich es an den schmutzigen Stränden von Ostia, an dem endlosen Häusermeer von Alexandria, wo die Gebäude schon verfallen, bevor sie fertig sind, an den hässlichen Athener Vorstädten, an den Ufern von Djerba, wo die Bagger die Palmen der Oasen ausreißen, um sie durch Wälder von Beton zu ersetzen. Vor nicht allzu langer Zeit konnte man von einer weiteren Manifestation dieser Krankheit in den Zeitungen lesen, als diese über die Trümmer von Dubrovnik, dem alten Ragusa, berichteten. Der Mittelmeerraum, der es jahrhundertelang einer Vielzahl von Menschen ermöglicht hatte, Größe und Wert einer jeden Sache zu bestimmen, ging in die Brüche, zerbarst in tausend Stücke. Nichts war mehr so wie vorher.

Die Menschen, die an den Ufern dieses Meeres zuhause sind, stellen in gewissen Abständen ihre Vernunft hintan. Die Nächte von Venedig färben sich im Licht der Bombardements auf der gegenüberliegenden Seite der Adria. In diesen Nächten musste ich an die Bomben denken, die ein halbes Jahrhundert zuvor in die Muskatellerweinberge von Denia gefallen waren und von denen mir meine Mutter und meine Großmutter so oft und in so schmerzlichem Ton erzählt hatten.

Eines Mittags jedoch traf ich mich mit ein paar Freunden zum Essen. Der vorzügliche, nicht zu harte, nicht zu weiche Reis der Paella, das zarte Fleisch des Fischs, das Vergnügen einer Unterhaltung, die pointiert wurde durch den sarkastischen Witz und Scharfsinn, wie er den Küstenbewohnern eigen ist, die sanfte Nachmittagssonne, als wir beim Nachtisch saßen, die Umrisse der Berge, die Reflexe von Wasser und Licht, die im Hafen aufblitzten, während die Fischer unter Scherzen ihren Fang ausluden – all dies ließ mich mein System des Messens und Wägens überdenken und mit einer neuen Richtschnur in Einklang bringen, die auf den Lebensraum, der mir ihr ursprüngliches Modell vermittelt hatte, abgestimmt war; eine Richtschnur, der zufolge dieser Landstrich wieder die Idealmaße eines Paradieses bekam, so wie er sie vor vielen Jahren besessen hatte, als man den Mangel schlicht Mäßigung oder Ausgewogenheit nannte; nur dass das ausgehende Jahrhundert die Paradiese anders ausstaffiert: Heute ist das Paradies kein zusammenhängendes Gut mehr, sondern liegt verstreut zwischen Betonklötzen und richtet sich nach dem Verlauf der Straßen. Und auf ihren Grundstücken, umlauert von den Schaufeln der Bagger, pflegen die Glücklichen jeden Tag aufs Neue das Ritual der Unterhaltung, das Zeremoniell des perfekt gegarten Reises und das Wunder eines Sonnenstrahls, der über die Schuppen eines Wolfbarschs und die glänzende Schale einer Pampelmuse huscht, während das Meer über den Saum des Strandes zischt.

(Februar 1994)

Das Erbe der Welt

I

Von dem kleinen Garten aus, der neben der Mohammed-Ali- oder Alabastermoschee, wie die Kairoer sie nennen, und zu Füßen der Zitadelle liegt, die Saladin hatte erbauen lassen, betrachtete der Reisende eines Abends die Stadt Kairo. Er blickte hinab auf das unermessliche, vom Rot der sinkenden Sonne entflammte Meer der Dächer und Dachterrassen, auf die schönen und majestätischen öffentlichen Gebäude, auf die gewundenen, schimmernden Boulevards, auf die Minarette der alten Moscheen – der Er-Rifai, der Ibn Tulun, unverwechselbare Wahrzeichen der Stadt, der bescheideneren von Koschkadam –, auf den metallischen Glanz der Autos, die sich in der Ferne stauten, und auf die winzigen menschlichen Gestalten, die an den freien Stellen zwischen den Gebäuden auftauchten und wieder verschwanden.

Vom Grund der Stadt, die von hier oben betrachtet uferlos schien, drang der Lärm des Lebens wie ein fernes, anhaltendes Donnergrollen herauf. Und die Umrisse der ins Licht des Sonnenuntergangs getauchten Pyramiden am Horizont waren Sendboten der Geschichte und der Wüste, die der Stadt ihren Stempel aufdrückten, während sie zugleich eine strenge Rüge an die Adresse des eiligen Reisenden richteten, der diese Orte am nächsten Tag, nach kurzem Aufenthalt, wieder verlassen musste.

Hier oben schmerzte es ihn, aus einer Stadt abzureisen, die kennen zu lernen ihm keine Zeit bleiben würde und die ihn verführt hatte, kaum dass sie ihm zugezwinkert hatte.

Ihm kam die Stelle bei Paul Bowles in den Sinn, wo er darüber klagt, wie wenige Gelegenheiten uns das Leben lässt, die Dinge zu tun oder anzuschauen, die wir lieben. »Wie oft noch wirst du den Vollmond aufgehen sehen?«, fragt Bowles. »Noch zwanzig Mal vielleicht?« Und weiter klagt er über die Gebrochenheit und den Geiz, womit sich uns selbst Dinge darbieten, die wir unbewusst für unbegrenzt halten. Der staubige Nachmittag legte einen sandigen, das Sonnenlicht filternden Schleier über die Gebäude, und der Reisende, der Kairo während seines kurzen Arbeitsaufenthalts kaum zu Gesicht bekommen sollte, fragte sich, wann er in diese Stadt würde zurückkehren können, die ihn beim ersten flüchtigen Anblick schon in ihren Bann gezogen hatte. Der Staub schwebte wie eine schimmernde Aureole um den eindrucksvollen Bau der Sultan-Hassan-Medrese und hüllte die trostlose Schönheit der Totenstadt ein, die an einer Wegbiegung aufgetaucht war und – sich verlierend in einem diffusen, hügeligen Horizont – wie alles in dieser verwirrenden Stadt grenzenlos zu sein schien.

Der feine Sand senkte sich auch auf die sanften und stillen Wasser des Nil, an deren Ufer der Reisende kurz darauf in dem klapprigen Lieferwagen eines Mannes eintraf, der ebenso leidenschaftlich bremste, beschleunigte und auf die Hupe drückte, wie ein Musiker bei einer Ouvertüre von Tschaikowsky die Becken schlägt.

Der einsetzende Abend verlieh der Stadt eine Intensität, die in jedem ihrer Teile zum Vorschein kam, als würde er nicht den Einbruch der Nacht einläuten, sondern einen vollkommenen Tag ankündigen. Die Fischer am Nilufer wurden immer zahlreicher, die Musik von

Umm Kalthûm und Farid el-Atrasch drang jetzt deutlicher aus den Radios der Straßenstände, dann erschollen von allen Seiten die über Lautsprecher verstärkten Stimmen der Muezzins, und es war, als könne man den unsichtbaren Staub der Wüste hören. Der Verkehr wurde dichter, und in den Läden gingen nach und nach die Lichter an, die Butangasbrenner, die Karbidlampen, die bläulichen Neonröhren, die den auf der Straße feilgebotenen Früchten und Fischen eine neue Schönheit verliehen und den vor der El-Ashar-Moschee ausgebreiteten Kupfergegenständen neuen Glanz entlockten.

II

Die Wasserpfeife machte unter den Männern die Runde, die vor den alten Spiegeln des Fasch Awi Teahouse im Herzen von Khan al-Khalili saßen, wo sich die Stadt ihr Erscheinungsbild eines alten Suks stärker bewahrt hat, dessen Ambiente dem Reisenden andere, liebgewonnene Orte in Erinnerung rief: die Portale der Zawija von Moulay Idriss, ein Gässchen in der Medina von Fès, nach der ich mich seit über zehn Jahren zurücksehne (ob ich die Medina von Fès je wiedersehe, oder ist es mein Los, mich immerfort nach ihr zu sehnen?), das Zentrum der Kasbah von Tunis, von dem mir auf einer Reise nur ein flüchtiger Eindruck vergönnt war.

Das arabische Wort *khan* hängt mit dem Marktwesen zusammen. Es bezeichnete die Karawansereien, die um einen zentralen Innenhof angelegt wurden, der den Lasttieren als Stallung diente; im Maghreb kennt man vergleichbare Einrichtungen unter dem Namen Fonduk, beides sind Herbergen für die Kaufleute, die mit ihren warenbeladenen Tieren in die Stadt gereist kamen.

In jenen Abendstunden, als der Ansturm der Touristen nachgelassen hatte, zeigte sich der Basar Khan al-Khalili in seiner ganzen Herrlichkeit: Läden mit gepunztem Leder, mit überladenen Möbelstücken, mit Kupferwaren und einer reichen Auswahl an Teekannen und Wasserpfeifen, Geschäfte, in denen Onyxsteine oder Papyri mit Zeichnungen von zweifelhaftem Geschmack verkauft wurden, die gleichwohl jahrtausendealte Themen aufgriffen: geheimnisvolle mythische Darstellungen von Liebe, Leben und Tod, die die Touristen, in gleicher Eile wie der Reisende, als belanglose Souvenirs mit sich davontrugen.

In Khan al-Khalili läßt sich die Vergangenheit dieser tausendjährigen Stadt als Handelsplatz nachverfolgen, einer Stadt, die die verborgene Weisheit einer mehr als fünftausend Jahre alten Kultur geerbt hat. Schon vor ihrer Gründung durch die Fatimiden in Konkurrenz zum abassidischen Babylon hatte sich an den Ufern des Nils eine reiche Tradition herausgebildet, die Zeit auf andere Weise zu verstehen.

Kairo sicherte die Kontinuität der Nordostspitze Afrikas als eines der lebendigsten Handelszentren der damaligen Zeit: die Mittelmeerküste mit dem Hafen von Alexandria, der als Drehscheibe zwischen den Kulturen dieses vielbefahrenen Meeres und denen des Niltals diente; die Nähe des von den Christen so genannten Heiligen Landes, wo sich zwei widerstreitende Welten berührten (es war Saladin, der Erzfeind der Kreuzfahrer, der die Kairoer Zitadelle nach dem Vorbild der christlichen Festungen in Syrien erbauen ließ); die Tore nach Asien, die den Weg nach Bagdad und ins sagenumwobene Indien freigaben, die raue Küste des Roten Meers vor dem Hintergrund eines Kontinents voller Sklaven, Gold und Marmor, und auch ein Wasserweg zu den exotischen Inseln und den Ufern des unzugänglichen chinesischen Kaiserreichs.

Kairo war ein großer Leuchtturm im moslemischen Afrika – und hat bis heute die größte Ausstrahlung –, eine der märchenhaften Stationen auf der Wüstenroute, so wie das heilige Kairuan, wie das ferne, rote Marrakesch, Lagerplätze auf dem Weg des Goldes und anderer kostbarer Waren, der bis in den Sudan, bis in das verborgene und erträumte Timbuktu an den Ufern des Niger führte.

Die alten Kairoer Gebäude in all ihrer Schönheit und Pracht erzählen vom Glanz der Großstadt: die arabischen und die osmanischen Moscheen, erbaut im Stil der Hagia Sophia, die koptischen Kirchen, die Synagogen, die Kolonialbauten im heutigen Opernviertel, die eleganten Villen auf den Inseln Gesira, Roda, Samalek und im Stadtteil Heliopolis.

Durch Osmose, Assimilation, durch An- und Überlagerung ist Kairo zur größten und kosmopolitischsten Stadt der arabischen Welt geworden, mit jenem typischen Gepräge, das sie von allen anderen unterscheidet, mit ihrer besonderen Gabe, unterschiedliche Rassen, Architekturen, Religionen und Lebensstile zu integrieren. Die Stadt als eine große Brutstätte, ein Schmelztiegel in ständiger und unermüdlicher Bewegung, die mehr als fünfzehn Millionen Menschen umtreibt.

III

Unter den Markisen, die den Straßen von Khan al-Khalili in der heißesten Tageszeit Schatten spenden und die Käufer vor der sengenden Sonne schützen, staut sich bei Einbruch der Nacht eine Gluthitze, in der die ausgestellten Waren zu kochen scheinen. Im 14. Jahrhundert berichtete ein Chronist von der Existenz von mehr als zwölftausend Geschäften in dem Viertel. Ein französischer Reisender beschrieb im 16. Jahrhundert Khan al-Khalili als einen wunderschönen Palast mit einem köstlichen Quell in seiner Mitte, der hübsche Kleider, Perlen und diverse Edelsteine, Porzellanwaren und Baumwollstoffe aus Persien und Indien bereithielt. Die Fremden, die Anfang des 19. Jahrhunderts die damals bereits osmanisch beherrschte Stadt besuchten, hinterließen zahlreiche Schilderungen von den feilgebotenen Waren: Gummi arabicum, Marmor, seltene Kostbarkeiten, Straußenfedern aus dem Sudan, Zucker und Baumwolle vom Oberlauf des Nil, Indigo, Teppiche und Schals aus Persien und Indien, wertvolle Antiquitäten und türkische Tabake...

Noch heute sind die Besucher der Stadt fasziniert von den Gold- und Silberschmieden von In Saaga, die sich bis vor rund dreißig Jahren mehrheitlich in christlich-koptischer Hand befanden; traditionell waren es in der Geschichte der Stadt die Kopten, die mit den Europäern aus Frankreich, England oder Deutschland Handel trieben. Jedem, der es zu lesen gewillt oder imstande ist, bietet Kairo ein schönes und vielschichtiges Palimpsest, in dem sich die Geschichten und Träume von Türken, Armeniern, Ägyptern, Persern oder Juden überlagern.

Eine leichte Abweichung von seinem Rundgang, den er bei der Al-Ashar-Moschee begonnen hatte, führte den Reisenden in die Gegend von Al-Mosqui, dem Kleidermarkt, wo die Frauen Stoffe meterweise oder Konfektionswaren kaufen, die aus einer der vielen Schneidereien in den Außenbezirken oder aus anderen fernen Vorstädten von Hongkong, Kanton, Singapur oder Taiwan stammen; und plötzlich fand er sich im El-Hussein-Viertel wieder, im Gewirr der Farben und Gerüche seiner vielen Gewürzläden, in denen sich auf engstem Raum Basilikum, Gewürznelken, Safran, Zimt, Ingwer, Kurkuma, Kreuzkümmel und aromatische Kräuter wie Salbei, Kamille, Pfefferminze oder die unerlässlichen grünen Tees und der Kaffee stapeln, aus dem die Ägypter ihren mit Gewürznelken, Kardamom und Muskatnuss verfeinerten Mokka nach türkischer Art bereiten. Eine der Kisten, die dem Reisenden aufgefallen waren, verhieß Zimt von der Elfenbeinküste, eine andere enthielt Paprika aus Espinardo in Murcia.

IV

Kairo ist kein archäologisches Ausstellungsstück, sondern eine flirrende, chaotische Stadt und ein großes Warenlager, in dem die herrliche Ernte des Niltals zusammengetragen wird: Erzeugnisse aus dem Umland der Stadt, wo die Gärten unmittelbar an die Fundamente der Rohbauten stoßen; von den fruchtbaren Äckern eines Deltas, das allmählich, wie es heißt, die Auswirkungen der kürzlich entstandenen, riesigen Stauanlagen zu spüren bekommt, deren Auffangbecken nun die segensreichen Schlammmassen zurückhalten, die Jahrtausende hindurch die Äcker fruchtbar gemacht haben und jetzt nicht mehr ins Delta abfließen können, wo sie den Ansturm eines Meeres gebremst hatten, das ohne diese morastige Barriere aggressiv geworden ist und im Winter das Ackerland fortspült.

Aus der Umgebung von Kairo treffen Auberginen, Zucchini, Paprika, Tomaten, Taro, Knoblauch, Zwiebeln, Kartoffeln oder Gurken ein. Orangen, Mandarinen, Zitronen und Trauben werden im Delta angebaut. Und in den mit so viel Mühe der Wüste abgetrotzten Gebieten am Unterlauf des Flusses gewinnt man Melonen, Erdbeeren oder, in Ismailija, Mangos, die den Ruf haben, die aromatischsten des Landes zu sein. Die Bananen, Granatäpfel und Datteln stammen aus den Oasen Oberägyptens.

Kalliopea, Gise, Shareia und Monofeia liefern Geflügel und insbesondere die Tauben, die die Kairoer Köche später sorgfältig mit Reis und Gewürzen füllen; in den Wassern des Nil fischt man nach *bolti* und *karmut*, schmackhaften Fischen mit zartem, weißem Fleisch; und an seinen Ufern werden die *aasfur* gefangen, köstliche, kleine Vögel, die in Ägypten zu Ehren der jüngsten Kinder des Hauses auf den Tisch gebracht werden.

Ganz Kairo ist ein Markt, eine riesige Auslage. Die Fischstände an der Scharia Port Said, inmitten zerfallener Häuser gleich neben den Bahngleisen, sind überwältigend, ebenso die Läden unter freiem Himmel auf dem Midan al-Ghaisch, wo bergeweise Datteln verkauft werden, oder die Geschäfte in der Gegend von al-Ataba, wo alles feilgeboten wird, was immer sich nur auftischen lässt. Wenngleich der Ro al-Farag, der alte Kairoer Großmarkt, die vielleicht intensivsten Eindrücke hinterlässt.

Im Herzen der Großstadt wiederholt sich Tag für Tag ein prächtiges Schauspiel, eine wahre Explosion des Lebens. Lange bevor er das Zentralgebäude des baufälligen Rod-al-Farag-Marktes erreicht, fühlt sich der Reisende bereits wie betäubt vom Keuchen der Lasttiere und Lastwagen, die über und über beladen sind mit allem, was die Ufer des Nil hergeben. Zu allen Seiten erheben sich hohe Mauern aus perfekt in Naturfaserkisten verpacktem Gemüse, und Orangen und Granatäpfel oder Büschel von Pfefferminze und Koriander verströmen einen betäubenden Duft, der sich mit dem Kot- und Schweißgeruch der von langer Wanderung ermüdeten Tiere und dem Rauch des Lammfetts mischt, das auf den glühenden Kohlen der Garküchen verdampft. In den Ohren dröhnt der Lärm der hölzernen Karrenräder, die über das Pflaster poltern – ein Kontrapunkt zum Stampfen der Hufe und dem Gebrüll der Tiere, das die Stimmen der Käufer und Verkäufer, die Schreie der Großhändler und Packer untermalt. Das Ganze vermittelt den Eindruck einer unbeschreiblichen Vitalität, die aus einer weit zurückliegenden Zeit herzurühren scheint und mit den modernen, menschenleeren Anlagen von Al Obud kontrastiert, dem mitten in der Wüste gelegenen Neuen Markt, der von den Behörden in der Absicht gebaut wurde, den alten Rod al-Farag zu schließen – mit dem Argument, er sei chaotisch, völlig unhygienisch und drohe, das Zentrum der Riesenstadt an den Rand des Zusammenbruchs zu bringen. Die Händler weigerten sich, diese makellosen Anlagen zu beziehen, und trotz Drohungen und Zusammenstößen zwischen Kaufleuten und Polizei, bei denen es zahlreiche Verletzte gab, lenken sie weiterhin ihre gemüsebeladenen Karren Tag für Tag in das Herz von Kairo. Durch sie füllt sich die Stadt mit dem Pulsieren eines tausendjährigen Lebens an den Ufern des Nil.

(Mai 1994)

Vom Wohlfahrtsstaat

I

Als ich die Tür des Hotelzimmers öffnete, erschien mir das Meer als smaragdgrüner Vorhang, der die ganze Fensterfront vor mir bedeckte. Statt sich unermesslich und riesig in der Horizontale auszubreiten, bis es sich aus der Sicht verliert, schien das Meer sich aufgerichtet zu haben und erst wieder in seine eigentliche Position zurückzukehren, als ich den Koffer auf den Boden gestellt hatte und geblendet von dieser unvorhergesehenen Farbexplosion auf die Terrasse ging.

Von dort aus betrachtete ich den strahlenden Himmel, die massige Insel mit ihren senkrecht abstürzenden Steilufern, das ruhige, durchsichtige Wasser mit einer weißen Schaumbordüre vor den brechenden Wellen, den goldenen Sandstrand, auf dem sich hier und dort vereinzelte Silhouetten bewegten, und gleich unterhalb der Terrasse, aber viele Meter tiefer, die Menge, die über die Seepromenade wandelte und sich streicheln ließ von der Mittagssonne eines Januartags, ein lebhafter Gegensatz zu dem Unwetter, das in diesem Augenblick vier Fünftel Spaniens mit Schnee und Regen heimsuchte und mich den größten Teil der Fahrt über begleitet hatte.

Auf die Brüstung der Terrasse gestützt, fühlte ich mich wie einer dieser Vögel, die in den Höhlen der Steilküste nisten, auch wenn dies hier nur eine Steilwand aus Glas und Beton war, die sich (eine Frage der Perspektive) linker Hand scheinbar ununterbrochen fortsetzte, bis sie den Strand von Levante ganz umzingelt hatte, und die westwärts, jenseits der Felsen, auf denen die Häuser des alten Benidorm hockten und die blauen Kuppeln der Kirche aufragten, das Oval der Playa de Poniente umrandete. Viele Kilometer weiter entfernt, im Süden, leuchtete weiß die unendliche Linie der Bauten fort, die einen großen Teil des Meereshorizonts einnahmen: die Ballungsräume am Strand von San Juan Albufereta; die Stadt Alicante, glänzend am Fuß der kahlen Felsen, denen die Ferne eine bläuliche Färbung verlieh.

Die Aussicht war von unbestreitbarer Schönheit, auch wenn diese keineswegs unberührt war, vielmehr schamlos die Vermischung des Natürlichen mit dem Menschlichen ausstellte. Das Licht und die weiche Luft, die laue Sonne und das Blaugrün des Meeres entsprachen der Maßlosigkeit dieser menschlichen Bienenkörbe und brachten mich zum Grübeln über die Ethologie des Menschen im postindustriellen Zeitalter und über seine wieder aufgelebte Berufung zum Zugvogel bzw. -säugetier, die sich heute auf das zwanghafte, saisonbedingte Aufsuchen von Sanktuarien beschränkt, wo man heliophile Kulthandlungen zelebriert, von geografischen Räumen, wo die Sonnenstrahlen als Quell des Lebens angebetet werden, das hier ein klein wenig ewig ist.

Diese vielen, vielen Bauten, die sich dort in der Ferne verloren, waren Tempel, errichtet für diesen spätkapitalistischen Kult, dessen Jünger dort unten, auf den Fliesen der Seepromenade herumliefen. Sie waren von weither gekommen: von den feuchten Wäldern Asturiens und Kantabriens, aus dem melancholischen Nieselregen des winterlichen Baskenlands, aus der kalten kastilischen Hochebene, von den schwarzen Sümpfen Mitteleuropas, dem baltischen Schneegestöber und dem strengen Polareis, und wollten hier am immerwährenden Fest der Sonne teilhaben.

Die meisten dieser Menschenwesen erflehten Gesundheit und Langlebigkeit. Bedroht vom Abbau durch Zeit oder Krankheit, liefen sie hartnäckig barfuß im Sand, ließen sich hoffnungsfroh die Füße vom Meerwasser umspülen, marschierten Hand in Hand mit ihrem Partner über die Gehsteige, bedienten ihre motorisierten Rollstühle. Sie hatten die Schwelle dessen überschritten, was Politiker und Soziologen heute das dritte Lebensalter nennen, und sie zahlten für eine Reise in die entschwundene Zeit und tanzten auf den Tanzflächen der Cafeterías zu Liedern, die es auch schon nicht mehr geben dürfte (*Volver, Llorando en la capilla, Las hojas muertas*), sie tranken Bier, Cocktails mit oder ohne Alkohol oder aber Mineralwasser, frischgepresste oder Tüten-Säfte, und alle waren sie in die Frischhaltefolie der Sonne gehüllt, in die unbezweifelbare Schönheit des Lichts, das ihnen die Angst nahm vor dem Wissen um jenen Schatten, der hinter der nächsten Ecke auf sie warten konnte.

Zweifellos fehlt noch das Kapitel Benidorm in den Serien des *National Geographic Magazine*, die vom mühsamen Überlebenskampf der unterschiedlichen Arten berichten, ihre Epopöen schildern: Wale, die im Winter auf dem Weg nach Baja California vor den Stränden von La Jolla aufkreuzen; Thunfische, die im Mai durch die Meerenge von Gibraltar drängen; Tauben, die, aus Schottland oder dem fernen Sibirien kommend, im Oktober über Etxalar und andere Pyrenäenpässe in die iberische Halbinsel einfallen; die anstrengende Reise der jungen Aale, die irgendwo in der Saragossasee beginnt und nach Jahren an den Mündungen bestimmter europäischer Flüsse endet; die Rentner und Rekonvaleszenten, die Winter für Winter in Benidorm nisten, in einer der Myriaden von Waben dieser gigantischen, vom Menschen in die Senkrechte gebauten Bienenkörbe. Durch die verglasten Fassaden hindurch saugen diese Wesen die Sonnenenergie auf, die sie dazu befähigt, morgens aufzustehen, in den Fahrstuhl zu steigen, sich in den Sand zu legen, zu tanzen, der Musik zu lauschen, während sie in einer Zeitung blättern, die täglich aus der Kälte kommt, oder müßig mit geschlossenen Augen auf einer Bank zu sitzen, sich an den Stamm einer Palme zu lehnen, um sich, in aller Muße, von dem wohltätigen Sonnenregen benetzen zu lassen.

Dieses Kapitel im *National Geographic Magazine* müsste davon erzählen, wie in der Vor- oder Nachsaison Hunderttausende von Exemplaren der Gattung Mensch im dritten Lebensalter den Kontinent überqueren und an diesem Ufer des Mittelmeers zum Überwintern vor Anker gehen. Dann verwandelt sich die Stadt am Meer zu einer riesigen Werkstatt, in der die verschlissenen oder defekten Einzelteile der gigantischen Maschinerie des europäischen Kapitalismus repariert werden, ein Zwischenlager, in dem die geplatzten Blasebalge aus den walisischen Minen entgegengenommen werden, die abgenutzten Tischtücher Amsterdamer Kneipen, die in Clermont-Ferrand zerhämmerten Schrauben, die Brillengläser, die im tristen Licht einer Schreibtischlampe in einem Hamburger Kontor gesprungen sind, der blaue Stoff, der von den Funken eines Hochofens an der Ruhr versengt wurde.

Man sieht all diese Teile, diese Objekte der allgemeinen Verschrottung, an der (mit ein wenig Glück und wenn die Hast es nicht verhindert) der Reisende selbst bald Anteil haben wird, und verspürt ein unvergleichliches Gefühl der Solidarität und der Rührung; Rührung über sie, die kaputten Teile, und über diesen Raum, der so barmherzig ist, sie aufzunehmen. Die Gefühlsverfassung lässt sich beschreiben als Gemisch aus dem seelischen

Knistern, das die Betrachtung eines Artefakts von Duchamp auslöst, und aus der Faszination, die große Menschenmengen – wucherndes Leben, zwischen Schönheit und Monstrosität – schon immer auf den Reisenden ausgeübt haben. Benidorm ist eine Stadt, die (sieht man von der Natur einmal ab) eine gewisse gedankliche Strenge erfordert, um in ihrer wahren Dimension erkannt zu werden, oder aber – das andere Extrem – den naiven Anschluss an eine der Bruderschaften zur Pflege der migratorischen Sonnenrituale.

Um diese Konfiguration zu verstehen, muss man den Blick an bestimmten zeitgenössischen Agglomerationen geschult haben: Singapur, Shanghai und Hongkong haben – ohne die Unterschiede klein zu machen – gewisse Gemeinsamkeiten mit diesem Stadtmodell. Die Kais am Fluß Huang-Po zu der Stunde, wenn die Einwohner Shanghais dort die Kühle der Abendbrise suchen. Die Sonnenuntergänge von Hongkong, wenn man sie von Kooloon aus betrachtet und das Funkeln der Sonne auf den irisierenden Glasflächen der zartgliedrigen Wolkenkratzer sieht.

II

Es ist wahr, von der Schönheit jenes Benidorm, das ich vor über dreißig Jahren kennen lernte, sind gerade noch das Meer, das Weiß des Strandes und der Steilwände, die Palmen und der saubere Himmel übrig geblieben. Aber auch von diesem Jüngling, der die Augen öffnete, um von der Rotonde der Burg aus auf das kristalline Wasser zu schauen, ist nicht viel übrig geblieben. Auf der Fassade der Eisenbahnstation sah er den Namen des Ortes, der schon deshalb faszinierend sein musste, weil ein Schlagerfestival nach ihm benannt war, und für das hatten Rundfunksprecher vollmundige Worte gefunden, mit dem unvermeidlichen Hinweis auf Himmel, Mond und Meer, die als Kulisse dienten.

Man kann die verlorene Jugend beweinen, so wie man dem schlichten Liebreiz des verschwundenen Benidorm nachweinen kann, aber das führt zu nichts. Dagegen ist es durchaus lehrreich, sowohl der Frage nachzuspüren, in welche Richtung jener Jüngling von seinen inneren Schwingungen getragen wurde, als auch die Regeln zu erfassen, die in diesem menschlichen Bienenkorb, wohl der einzigen mediterranen Stadt der Muße mit intensivem Winterleben, für eine subtile Ordnung sorgen; die Verhaltensweisen in diesem Ameisenhaufen von gebräunten oder auch nur geröteten Körpern zu erforschen. Was gibt diese Stadt den fast vier Millionen Menschen, die sie Jahr für Jahr aufsuchen?

Mario Gaviria, Soziologe und Stadtforscher, beschäftigt sich seit Jahren mit dem Phänomen Benidorm. Er meint, es sei der Todesstoß, den die Massen einem romantischen und elitären Begriff des Reisens versetzt haben, den einmal die Oberschicht der angelsächsischen Länder geprägt hat, als sie sich aufmachte, Unterentwicklung, Exotik und Dienstleistung zu entdecken, ein Gemenge aus sekundären Werten, das unter der imaginären Vorstellung »Der Süden« zusammengefasst wurde. Diese Menschen waren auf der Suche nach Kunstwerken, die von den barbarischen, ungebildeten Völkern der sonnigen Landschaften ignoriert wurden, nach alten Möbeln und Herrenhäusern, bäurischen Landschaften, unberührten Winkeln, überlebten Bräuchen und einem Typus Mensch, der insofern die Neugier weckte, als er für eine Vergangenheit stand, die die reichen Länder schon hinter sich gelassen hatten: Das waren die ursprünglichen Ziele des Baedeker- und

Michelin-Tourismus. Und die Führer zeigten den eleganten Reisenden aus dem Norden die Inseln der Zivilisation an, wo sie Schutz finden, die Gasthäuser und Hotels, um deren table d'hôtes sie und nur sie sich versammeln konnten.

Benidorm ist das genaue Gegenteil. Trotz der Palmwedel, der Sonnenrituale, der Strände am grünen Wasser und des blauen Himmels hat es rein gar nichts mit dieser Vorstellung vom Süden zu tun. Es gibt keine privilegierten Reservate, in die man sich retten könnte: Die Stadt stellt ein Kontinuum dar, in dem alles von dieser beruhigenden Gleichförmigkeit ist, die böse Überraschungen ausschließt, weshalb es vom gemeinen Volk Europas als Vorhof des Paradieses erkannt wird.

In den Gassen des alten Städtchens drängen sich englische und holländische *pubs,* Schwulenbars, baskische Pinten, in denen Tapas serviert werden und die so etwas wie eine vergilbte und sonnengebleichte Fotokopie des Barrio Viejo von San Sebastián sind; asturische Cidre-Kneipen, Tavernen wie in Aragón, Andalusien oder La Mancha; und übergangslos öffnet sich die Neustadt in breiten Straßen und Avenidas, gesäumt von senkrecht aufstrebenden Gebäuden und gesprenkelt mit Pizzerias, Hamburger-Lokalen, Geschäftspassagen, Confiserien, Bierkneipen, Teesalons und jenen Bars – so etwas wie das Allerheiligste des Sonnentempels –, in denen am helllichten Tage die Rentner aus ganz Europa tanzen und sich verlieben, Sex und Zärtlichkeit neu entdecken oder für sich erfinden.

Die Uniformität herrscht über all diese Orte, in denen ein Kellner, rechtmäßiger Bürger von Benidorm aus Berufung, weil er vermutlich vor zwanzig oder fünfundzwanzig Jahren aus Jaén, Granada oder Ciudad Real hierher gekommen ist, jemandem den Kaffee serviert, der bis zu seiner Pensionierung eben dieser Arbeit in einer Cafetería in Logroño, Vigo, Rotterdam oder Norfolk nachgegangen ist.

Mexikanische Taquerías, chinesische Restaurants, kastilische Grillrooms, Kneipen, in denen den Gästen, gleichsam als Apéritif, die Lichtsignale einer Parabolantenne geboten werden und Jubelschreie ertönen, weil Bayern München gerade den Ball ins Tor der Briten geschossen hat, die ihrerseits hier mit atemloser Spannung den Lauf eines Spielers von Manchester United zum gegnerischen Tor verfolgen. Es gibt keine von Michelin besternten Restaurants, wohl aber jede Menge von Lokalen mit »all you can eat für tausendeinhundert Pesetas« oder dem »Menü für achthundert«.

Europäische Politiker suchen sich feinere Urlaubsorte aus und wenden den Blick von Benidorm ab, dabei erfüllt diese Stadt doch all die Versprechungen, die sie selbst in ihren Wahlprogrammen gemacht haben. Die politischen Führer Europas scheinen ihre Wähler nicht besonders zu mögen. Benidorm bedeutet, ans Ende der Reise zu gelangen mit Leuten, mit denen man eine Fußballwiederholung auf einem extragroßen und extraflachen Bildschirm ansehen und kommentieren kann (ist es nicht das, was die Parteiprogramme versprechen?), reichlich und preisgünstig Alkohol und Beziehungen geboten zu bekommen, dazu Nippes von Lladró, Lampen, deren Fuß eine kolorierte Taube ist oder ein umschlungenes Paar aus falschem Alabaster, vielstöckige und vielfarbige Eisbecher, Neonreklamen, Lokale, die bis spät für jeden Geldbeutel geöffnet sind, weil sie die Nachtstunden nicht, wie im Rest der Welt üblich, mit höheren Preisen belegen, Läden, die bunte Taschen, Mützen und T-Shirts verkaufen, sogar mit dem Antlitz von Julio Iglesias.

Die Intranszendenz – Motto der Postmoderne – hat sich in den Straßen von Benidorm festgesetzt, in den Schaufenstern, den Begegnungsstätten. In Benidorm (und das ist wahrscheinlich ein Grund für seine Anziehungskraft) ist alles schlicht das, was es ist, nichts schmückt sich zur Erhöhung des Mehrwerts mit einem ideologischen Überbau; die reine Intranszendenz zeigt sich mit unbescholtener Schamlosigkeit, bietet sich zu konkurrenzlosen Preisen an und entspricht damit ohne weiteres dem, was vor dem Fernsehschirm stattfindet, dem freudigen Vollzug des Wohlfahrtsstaats.

(Januar 1996)

Zeit der Götter

Durch das Fenster des Flugzeugs, das einige Schleifen drehte, bevor es sich entschließen konnte, in Fiumicino zu landen, hatte der Reisende an jenem Dezembermorgen die Gipfel der nahen Abruzzen betrachtet, schneebedeckt unter einem strahlend blauen Himmel. Zu ihren Füßen fielen die ersten Lichtstrahlen des Tages auf das Oval des Kolosseums, den geschwungenen Lauf des Tiber, die imposanten Wölbungen der Kuppeln (Pantheon, Petersdom, San Ignazio), die dunklen Flecken der Gärten auf den umliegenden Hügeln.

Der Reisende hatte Glück, nicht nur wegen des Panoramas, das ihm der Pilot noch vor seiner Ankunft geboten hatte, sondern – und der Schnee in den Abruzzen deutete schon darauf hin – weil es kalt war in diesen Tagen und ein schneidender Wind wehte, der Römer wie Touristen bis in den späten Vormittag hinein in ihren Behausungen zurückhielt. So früh am Morgen wirkte die Stadt wie ausgestorben unter dem wolkenlosen, glasklaren Himmel, dessen Färbung von golden bis tiefblau reichte. Nur ein paar Fußgänger huschten eingemummt in lange Mäntel, Mützen und Schals durch die Straßen. Man konnte allein über Straßen und Plätze laufen, vor den Fassaden der Kirchen und Palazzi stehen bleiben, die Skulpturen der Brunnen betrachten und sich in einem Rom wiederfinden, wie man es sich so viele Male gewünscht, aber nie erhofft hatte.

Bei einer früheren Gelegenheit, bei der der Reisende die Stadt überlaufen von Horden von Deutschen, Amerikanern und Japanern erlebt hatte, war er Roms und des Ansturms von lärmendem Volk schließlich überdrüssig geworden, und siehe da, auf einmal überzog die Sonne die Steine mit einem honigfarbenen Firnis, und die Fassaden strahlten in leuchtend reinen Farben, und der Himmel war eine riesige Kuppel, die alle anderen Kuppeln überwölbte, und in den Straßen und Plätzen lag eine Stille, die eher von klappernden Pferdehufen als von Autolärm unterbrochen wurde. Selten hatte der Reisende Rom so einsam und so schön gesehen. Er überließ sich der Stadt und fühlte sich als glücklicher Pächter ihrer Schönheit. Und dann überfiel ihn doch wie eh und je die Melancholie, die das alte Rom stets in ihm auslöste.

Er überschlug im Geiste, wie oft er in dem Leben, das ihm noch blieb, hierher würde zurückkehren können; wie viele Morgen wie dieser ihm noch gewährt sein würden; wie viele Gelegenheiten, die Wintersonne zu betrachten, die auf den ungewöhnlichen Campanile von Sant' Andrea delle Fratte fiel und die Erstarrung seiner steinernen Engel einhüllte; und ob er noch einmal über den gepflasterten Hof vor Sant' Ivo alla Sapienza gehen oder das Wasser über das riesige, neben der Kirche befindliche römische Marmorbecken würde fließen sehen. Sant' Eustachio, das Pantheon, San Clemente, die Bocca della Verità, die liegende Skulptur der Ludovica Albertoni in der San Francesco a Ripa in Trastevere, die Statue der heiligen Theresa in der Santa Maria della Vittoria, die Gemälde Caravaggios in der San Luigi dei Francesi und sein vom Pferd stürzender Paulus in der Kapelle der Santa Maria del Popolo. Wie oft noch würde es ihm vergönnt sein, hierher zu kommen, zu sehen und zu spüren.

Jedes Mal infiziert Rom den Reisenden auf schmerzliche Weise mit dem Virus der Melancholie. Am liebsten würde er an allen Orten der Stadt zugleich sein und wieder kommen können, so oft er will; und das macht ihm den Gegensatz zwischen der unendlichen Zeit der Götter und der erbärmlichen Zeit der Menschen bewusst. Rom tritt ihm mit dem verführerischen Augenzwinkern einer Zwischenzeit entgegen, einer Zeit, in der die Menschen unter dem Schutz maßloser Ideen und Ambitionen Werke schufen, die es ihnen erlauben, mit der Spitze ihrer sterblichen Finger den Finger der Gottheit zu berühren.

Rom ist die einzige Stadt der Welt, die bei dem Reisenden diesen Mechanismus in Gang setzt. Paris – so blendend, wie es ist – wirkt sich anders aus. Rom aber ist einfach da und zieht ihn nicht durch das an, was sich ändert, wächst oder verwandelt, sondern durch seine scheinbar ruhevolle und maßlose, unergründliche Präsenz, mag dieser Eindruck auch tatsächlich nur auf bloßem Anschein beruhen; und selbst wenn wir sie auf den Stadtplänen des 18. und 19. Jahrhunderts wiedererkennen und beim Vergleich alter Stiche mit heutigen Stadtansichten dieselben Dächer und Kuppeln ausmachen, die schon Stendhal oder Goethe gesehen haben, so sind zweihundert Jahre doch gewiss noch keine lange Zeit, und unter der scheinbaren Reglosigkeit, die auf dem historischen Zentrum liegt, hat die Stadt über fast dreitausend Jahre hinweg nie aufgehört zu vergehen und neu zu entstehen.

Wenn man das Innere des Pantheons betritt und sieht, mit welch stoischer Ruhe die zweitausend Jahre alte Architektur den Ansturm der Touristen übersteht, wie sie ihre winzigen Gestalten zum Verschwinden bringt, ihre Stimmen dämpft und ihnen ihre Atmosphäre aufprägt, die überwältigende Schönheit des Raums und seiner Stille, dann bekommt man den Eindruck, als befände man sich im Bauch der Gottheit, mag diese Gottheit auch bloß eine Maske sein, die in dem Moment fällt, da man das

Palimpsest der wechselvollen Geschichte, der Zerstörungen, Wandlungen und Mystifizierungen der Stadt liest, die drei Jahrtausende lang den gleichen Namen trug und wohl dennoch nie dieselbe war.

Wenig kümmert es den Reisenden, der die romantische Vorstellung eines ewigen Rom verinnerlicht hat, dass die alten römischen Foren bis vor wenigen Jahrhunderten Brachland waren, auf denen es kaum Überreste der antiken Monumente zu sehen gab, wo stattdessen Kühe weideten, weshalb man dieses Gelände auch Campo Vaccino nannte; wenig kümmert es ihn, dass im Laufe der Jahrhunderte, in denen Rom unter gleichem Namen immer etwas anderes war, die alten Steine die Aura verlieren sollten, die sie all die Jahre umgeben hatte, als sie noch das Zentrum der Macht, Schaustellung technischen Könnens oder Teile von Kunstwerken waren, bevor sie zu stummem Baumaterial verkamen und über ein Jahrtausend lang als Fundamente oder Mauerfüllungen für neue Gebäude dienten, als tote Materie ohne Sinn und Verstand missbraucht wurden, bis ein paar Menschen, die sich einem neuen Projekt, der Renaissance, verschrieben hatten, sie wieder zum Sprechen brachten. Heute sind die Jahrhunderte des Schweigens vergessen, und wir rekonstruieren ein ewiges Rom, eine Vorstellung, mit der ein Bestreben, das jener Mumifizierung gegensteuert, bald aufräumen wird. Wer weiß.

Der Reisende ist es leid, sich zu wiederholen: Historische Städte sind solche, in denen die Geschichte zum Stillstand gekommen ist. Die zweite Glanzzeit Roms fiel mit einer neuen – wenngleich kultivierten, nicht barbarischen – Welle der Zerstörung zusammen: Mit dem Raubbau durch Adlige und Kardinäle, die den alten Marmor zur Verkleidung der Fassaden ihrer gewagten neumodischen Palazzi nahmen, die tausendjährigen Brunnen zur Verschönerung der Gärten ihrer Villen, die Statuen und Friese zur Bereicherung ihrer Sammlungen. Selbst Mussolini zögerte nicht, sich sein pathetisches Fleckchen Geschichte anzulegen, indem er über die alten Monumente die Via dei Fori Imperiali hinwegführte. Auch das ein Rom, das wie ein Luftballon zusammenschnurrte.

Rom, wie es uns Moravia, Fellini, Rossellini, De Sica, Pasolini, Risi, Scola oder Visconti gegeben haben, das Rom von Totò, Fabrizi, Mastroianni, der Loren, der Mangano und der Magnani (das Rom Morettis heute) war alles andere als eine mumifizierte Stadt. Es war eine Stadt aus Fleisch und Blut, nicht aus Stein: Die Stadt der *Ragazzi di vita* mit ungewisser Zukunft, der besitzergreifenden Mütter, der Liebenden, die sich, von Intoleranz umgeben, im hinteren Waggon eines abgestellten Zuges trafen.

Eine Stadt der großen Sehnsüchte und zwielichtigen Leben, in der Gogol weiter von den toten Seelen des fernen und traurigen Russland erzählen konnte. Albertis Katzen beschmutzten die Büsten der Imperatoren, zwischen gerieften Säulen und aufgehängten Laken wurde Pasta gegessen, und ein armer Arbeiter stahl einmal ein Fahrrad und rührte in seiner Verzweiflung die halbe Welt zu Tränen, mit einem Gefühl der Bedrückung, das sich Neorealismus nannte. Dann gibt es da noch das andere, an Giorgio de Chirico gemahnende Rom, über das Antonionis Frau in seinem Film *Die Liebe* ihren leeren Blick gleiten lässt. Der Reisende denkt, was für eine magische Kraft die Stadt der vielen Städte doch besitzen muss, um all dies zu einem Bild zusammenzufügen und um so auftreten zu können, als wäre sie ein und dieselbe Stadt.

Bernini, Bramante, die bronzene Wölfin und Marc Aurel auf seinem Pferd bilden eine einzige Familie, zusammen mit der Lozana Andaluza (der Schönen Andalusierin), mit Anita Ekberg, die mit majestätischer Schwere in den Trevi-Brunnen steigt, den Deutschen Söldnern Karls V., die Bier auf die Marmorplatten pissten, den machtgierigen Borgias, die sich gegenseitig umbrachten und deren Gebeine später niemand in seiner Nähe haben wollte, mit Velázquez und Sorolla, die an solchen Morgen, wie sie der Reisende erlebte, lernten, das unvergleichliche Licht zu sehen, und mit dem faschistischen Stricher, der an einem verlassenen Strand bei Ostia Pasolini den Schädel zertrümmerte. Ein einziges Rom.

Und diese vielgesichtige Stadt war an jenem schönen Morgen leer und verfügbar, eingehüllt in eine Stille, die es ermöglichte, alle ihre Stimmen zu vernehmen. Als der Reisende die Sixtinische Kapelle betrat (er beeilte sich, um der Flut von Japanern zuvorzukommen, die die Omnibusse bereits auf die Gehsteige spülte), war er sprachlos. Abermals überwältigte ihn die Verwandlungskunst dieser Stadt, denn die Gemälde, die dort über seinem Kopf schwebten – all die riesenhaften Körper, die die gemalten Mauerkonturen durchbrachen, oder die Menschenmenge, die an dem kolossalen Jüngsten Gericht an der Altarwand teilnahm –, hatten nichts mit denen gemein, die er von Schmutz, Rauchablagerung und Oxidation verschleiert bei früheren Gelegenheiten gesehen hatte. Auf einmal besaßen sie eine Schönheit, der nichts Vergangenes anzuhaften schien: Die verrenkten Posen der Körper, die kraftvollen Pinselstriche, die die Augen, Muskeln und Haare betonten, waren Teil von etwas, das noch nie jemand gemalt hatte. An diesem Morgen kam ihm zum ersten Mal der Gedanke, dass die Stadt ihm nicht nur aufgrund ihrer geografischen Ausdehnung entglitt oder aufgrund ihrer verschütteten Vergangenheit, sondern dass sie sich auch entzog, indem sie vorauseilte. Noch mehr Melancholie.

Es stimmt, dass es so gut wie unmöglich ist, nach Rom zu kommen, ohne auf Dutzende in Restauration befindliche Baudenkmäler zu stoßen. Diesmal jedoch, bei seinem letzten Besuch, wurde der Reisende Zeuge der Aufbruchstimmung einer Stadt, die erneut nicht gewillt war, die gleiche zu bleiben. Waren es früher große päpstliche Zeremonien oder imperiale Machtwechsel – die mussolinische Farce eingeschlossen –, die der Stadt ein anderes Gesicht verliehen, hatte sich Rom diesmal aus eigenem Antrieb herausgeputzt, unter dem Vorwand, dass im Jahr 2000 das Heilige Jahr und – so zumindest hoffen es die Römer – im Jahr 2004 eine Olympiade zu feiern sein wird.

Die Erdtöne, die man unzertrennlich mit der Stadt verbunden hat, sind mit der Renovierung fröhlichen Farben wie Ziegelrot, Dottergelb, Pistaziengrün, Lachsrosa oder Orange gewichen. Die meisten Kirchen und viele Palazzi erinnern mit ihrem Korsett aus Planen und Gerüsten, das dem Reisenden ihre Fassaden und einen Großteil ihrer Innenräume verbirgt, an Installationen von Christo. Das alte, schmuddelige Rom wird abgelöst von einem makellosen, farbenfrohen Rom, das uns auf bestimmte Bilder der Postmoderne verweist. Maurer und Restauratoren arbeiten an den Palazzi auf dem Kapitol, an der Villa Borghese, an Santa Agnese in Agone, an San Carlo alle Quattro Fontane, im Innern der Santa Maria degli Angeli, an San Francesco a Ripa. Und während der Reisende noch den Maurern zusieht, die im Kirchenschiff von Santa Maria dell'Orto tätig sind, den Restauratoren, die an zahllosen Orten Hunderten von Fresken ihre Jugend zurückgeben (darunter Werke von Raffael), oder in der Kirche Santa Maria del Popolo zwischen Gerüsten und Staub den vom Pferd stürzenden Paulus sucht, da muss er sich zu seinem Leidwesen eingestehen, dass die Patina, die ihm an den römischen Wänden so gefallen hatte, nichts weiter war als Schmutz, den eine neue Farbschicht nun zum Verschwinden bringt, auch auf die Gefahr hin, dass durch die Reinigungsarbeiten jene Aura verloren geht, die Walter Benjamin zufolge originäre Kunstwerke auszeichnet und von der man nicht weiß, wo sie ist (zweifellos nur im Kopf des Flaneurs und Betrachters), die aber eines Tages unweigerlich verschwunden sein wird. Vielleicht ist dieses Verschwinden ein ständiger, diskontinuierlicher Prozess. Vielleicht fühlt jede Generation sie zusammen mit ihren Jugenderinnerungen verschwinden, während die nachfolgende Generation schon dabei ist, sie neu entstehen zu lassen.

Angesichts dieses neuen Roms fürchtet der alternde Reisende, der Geruch nach Holz, Beize, Tinte, Papier und Leder der kleinen, über die Gassen verstreuten Werkstätten könnte verschwinden; auch dass *la Roma pulita*, das saubere Rom, sich letztlich in die lange Liste untadeliger und fader europäischer Städte einreihen wird, die mit Einbruch der Nacht wie ausgestorben daliegen und deren Leben wie eine Theatervorstellung abläuft, die jeden Morgen mit dem Öffnen der Souvenirläden und Postkartenstände, der Restaurants mit Touristenmenüs und Museen beginnt. Der Reisende hat mit angesehen, wie in Paris ganze Stadtviertel verödeten (Les Halles), wie Städte sich in makellose, doch leere Hüllen verwandelten (Brügge), und er fragt sich, wann der Moment kommt, da jene Benjaminsche Aura sich verflüchtigt.

Dennoch: Gleich neben der steifen Eleganz der Via della Croce oder der Via del Babuino, neben der Melancholie einer Erfindung namens Via Veneto, pulsiert in den

Hinterhäusern der Piazza Navona das Leben, oder auch in der zeitweiligen Explosion der Farben auf den Straßenmärkten, an den endlosen Reihen von Ständen in Trastevere mit seinem afrikanischen Flair, in dem regen Treiben rund um die Stazione Termini und die Piazza della Repubblica, wo Arabisch gesprochen wird und Jugoslawen scheue Blicke auf die Materialisierung ihres amerikanischen Traums werfen, der – trotz der Brunnen und Statuen, von denen sie sich keine Vorstellung gemacht hatten – bitterer ist als ihre schlimmsten Albträume. Orte wie diese sind es, wo sich Rom mühelos als ein weiterer Baustein in das große Puzzle des Mittelmeers einfügt, wo sich seine Lebendigkeit wie auch seine Erschöpfung zeigt; wo die Stadt in der Hitze brät, wo sie laut und stickig ist wie ein Viertel in Tunis, derweil die Sonne unbarmherzig auf die antiken Frontispize niederbrennt, der Regen die Reliefs der Säulen und Obelisken aus der Kaiserzeit zersetzt und das Kohlenmonoxyd der Autoabgase an den Konturen der alten Brunnen nagt und die Gesichter der Statuen zerfrisst, unterstützt durch die Vibrationen des pausenlosen Verkehrs in den Straßen dieser Stadt, die so bröselig ist wie Blätterteig. Man könnte also sagen, dass in Rom nicht nur die Menschen, sondern auch die Götter – wenn ihre Zeit gekommen ist – wieder zu Staub werden, zu dem Staub der Träume, aus denen sie erstanden sind.

(Dezember 1996)

Postskriptum

Alle versammelten Texte – mit Ausnahme des ersten zu Braudels Buch über das Mittelmeer – entstanden als Artikel für die Zeitschrift *Sobremesa,* für die ich fünfzehn Jahre lang als Kolumnist gereist bin. Einige sind seinerzeit genau so erschienen, wie sie hier zu lesen sind; andere haben substanzielle Änderungen erfahren, die mir der Rhythmus und der Tonfall eines solchen Buchs abverlangten. Ich glaube, in dieser Zusammenstellung und Bearbeitung erzählen sie etwas anderes als damals, als sie monatlich erschienen. Deshalb wollte ich sie hier veröffentlichen.